我们身边的
红色故事

苏文／著

古吴轩出版社

图书在版编目（CIP）数据

我们身边的红色故事 / 苏文著. -- 苏州 ：古吴轩出版社，2022.9
ISBN 978-7-5546-1984-1

Ⅰ. ①我… Ⅱ. ①苏… Ⅲ. ①革命故事－作品集－中国－当代 Ⅳ. ①I247.81

中国版本图书馆CIP数据核字（2022）第149375号

责任编辑：胡敏韬
封面设计：祁文军
责任校对：张雨蕊
责任照排：杨　洁
人物绘图：施景曦
图片提供：新华社　中共苏州市委党史工作办公室　苏州市教育局　苏州革命博物馆
中共常熟市委党史工作办公室　中共苏州市相城区委党史工作办公室　太仓第一个党支部纪念馆
张秀芹　宋巧凤　杭兴微　李子洋　范品才　周菊芳　汾　轩　丁　燕　唐伟明　于　祥　于逸帆等
书　　名：**我们身边的红色故事**
著　　者：苏　文
出版发行：古吴轩出版社
地址：苏州市八达街118号苏州新闻大厦30F
电话：0512-65233679　　邮编：215123
印　　刷：苏州市墨利印刷有限公司
开　　本：889×1194　1/20
印　　张：12
字　　数：147千字
版　　次：2022年9月第1版
印　　次：2022年9月第1次印刷
书　　号：ISBN 978-7-5546-1984-1
定　　价：45.00元

如有印装质量问题，请与印刷厂联系。0512-66619266

前言

对于广大青少年学生而言，其生逢中华民族发展的最好时期。中国共产党带领我们从站起来、富起来到强起来，迎来了实现伟大复兴的光明前景。老一辈的仁人志士，老一辈的人民群众，在历史进程中，面对困难和挑战，历经生与死的考验，闯出了一条光明的道路，开创了一片明朗的天空。少年强则国强，少年进步则国进步。新时代的青少年学生，生长在和平年代，在富足的生活中，在知识的瀚海上，在科技的助益下，更应当厚植爱国情怀、继承英烈精神、树立远大理想，为担负起实现民族伟大复兴的光荣使命做好准备。

当今时代，虽然已没有前辈先人们经历的硝烟笼罩和贫瘠威胁的苦难，但在全球化的浪潮中，随着信息传播方式越发多样化与便捷化，我们青少年，在成长的道路上，难免会遇到认知上的疑惑，乃至是蛊惑。我们需要做的是，坚守心中信仰，赓续红色基因。特别是在对于党和国家的认识上，对于祖国大家庭和自己小家庭的情感上，我们需要充分了解和牢牢记住：这一切是多么来之不易！我们是在中国共产党的领导下，打跑了反动派，推翻了旧社会，建立了红色的新中国；在中国共产党的领导下，建立和建设社会主义，坚持改革开放；在中国共产党的领导下，发展中国特色社会主义，全面建成小康社会，迈向共同富裕，走向中华民族伟大复兴！一路走来，这一串串红色的伟大足迹，就刻录在党史、新中国史、改革开放史和社会主义发展史这“四史”之中。“四史”就是我们消除疑惑、击败蛊惑的有力武器，是浇灌理想信仰、赓续红色基因的源泉，能帮助和引导“青少年弄清楚中国共产党为什么‘能’、马克思主义为什么‘行’、中国特色社会主义为什么‘好’等基本道理”。

习近平总书记强调：“历史是最好的教科书。对我们共产党人来说，中国革命历史是最好的营养剂。多重温我们党领导人民进行革命的伟大历史，心中就会增添很多正能量。”进行“四史”学习，播撒正能量，可以深刻地认识到“红色政权来之不易、新中国来之不易、中国特色社会主义来之不易”。对于青少年学生，“四史”的学习教育更应结合其成长、学习的特点，运用丰富多样的形式，“润物细无声”，使每个学生对“四史”的理解更为生动鲜活。而落脚于一个地区、一座城市，则应当结合这个地区、这座城市的历史，因地制宜、特色鲜明地推行“四史”宣传教育，让人沉浸式地感受到“四史”就在自己身边，就在自己的生活里。

苏州是一座底蕴深厚、人文荟萃的历史文化名城。而苏州的党史、革命传统、改革开放成就，尤为值得发掘和书写。当前，以“四史”宣传教育为契机，苏州古吴轩出版社结合“红色宝贝”征集活动，组建专题编委会，编写出版苏州首部面向青少年学生的“四史”学习读物——《我们身边的红色故事》。习近平总书记指出，“要抓好青少年学习教育，着力讲好党的故事、革命的故事、英雄的故事，厚植爱党、爱国、爱社会主义的情感，让红色基因、革命薪火代代传承”。《我们身边的红色故事》包含“馆藏的红色记忆”“校园里的红色传承”“身边的红色宝贝”三大板块，选取苏州历史中极具红色意义的宝贝，围绕红色宝贝讲述雪松下苏州地区的首个党组织、苏州革命博物馆中将军身体里的子弹、太爷爷的坦克帽等数十篇红色故事，贯穿革命时代、建设时代、改革时代和新时代。同时，随着《我们身边的红色故事》一书的推出，我们还将进一步与书中宝贝和人物融合，开展“走近青少年”的系列学习教育活动，充分使“四史”宣传教育丰富而生动起来。

学习总是令人进步，让人自信；于个人而言是如此，于国家、民族来说亦然。而自信，则使人强大。“当今世界，要说哪个政党、哪个国家、哪个民族能够自信的话，那中国共产党、中华人民共和国、中华民族是最有理由自信的。”

2022年8月

目录

校园里的红色传承

身边的红色宝贝

红色故事寻访之旅开始啦！

岁月翻涌，改变了许多的人和事，但永恒不变的是代代人的初心。寻访红色足迹，用红色宝贝、红色故事滋养青少年们的内心，为青少年们解读中国共产党百年奋斗历程中苏州地区形成的一系列伟大的红色精神。为了让青少年们了解红色精神的深刻内涵，吴记者与苏苏、州州决定开启一程红色故事寻访之旅，让我们一起扬帆启航吧！

吴记者

报社的记者，工作热情，博学多识，了解关于苏州的海量红色档案。性格温和、热情，希望青少年们通过重温红色故事，能够铭记历史，从中获取坚定的理想信念。

苏苏

苏州未来实验中学七年级学生，品学兼优，喜欢编程和探险，太爷爷曾参加过抗美援朝战争。

州州

苏州未来实验小学五年级学生，品学兼优，喜欢摄影和写作，与苏苏家住在同一小区。

馆藏的红色记忆

《新青年》唤醒一代代“新青年”

学习金句

青年兴则国家兴，青年强则国家强。青年一代有理想、有本领、有担当，国家就有前途，民族就有希望。

——2017年10月18日，习近平在中国共产党第十九次全国代表大会上的报告

红色历史

中国是一个有着数千年历史的文明古国。然而，当欧美一些国家完成工业革命并逐渐实现工业化以后，中国开始处于落后状态。1840年中英鸦片战争开始后，中国逐渐沦为半殖民地半封建国家。1911年10月，辛亥革命爆发。但是革命的果实落到北洋军阀手中，国家仍陷于动乱之中，要救国必须寻找新的出路。一些先进知识分子发起了一场反对封建主义的新文化运动，其基本口号是拥护“德先生”（Democracy）和“赛先生”（Science），也就是提倡民主和科学。新文化运动以1915年9月陈独秀在上海创办《青年杂志》（后改名为《新青年》）为发端。这场运动以进化论观点和个性解放为主要思想武

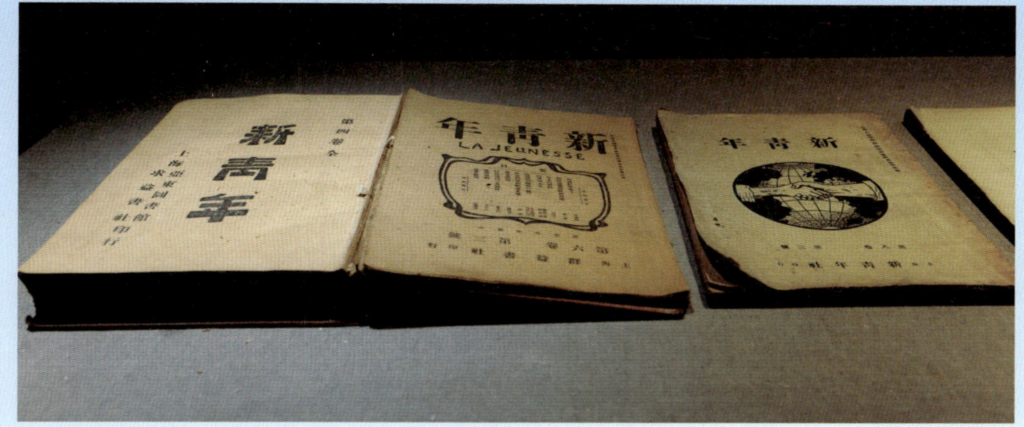

苏州革命博物馆的珍贵馆藏

器，打击和动摇了长期以来封建思想的统治地位，唤醒了一代青年，使中国的知识分子尤其是广大青年受到一次西方民主和科学思想的洗礼，从而打开了遏制新思想涌流的闸门，在中国社会上掀起一股生气勃勃的思想解放的潮流。1917年爆发的俄国十月革命，使中国先进的知识分子看到了民族解放和民族复兴的希望。新文化运动由此进入了宣传十月革命、宣传马克思主义的新阶段。这一运动的深入发展，吸引了许多青年学生集合在反帝反封建的旗帜下，为彻底的反帝反封建的五四运动奠定了思想基础。五四运动后，宣传马克思主义成为新文化运动的主流。新文化运动是中国近代史上一次空前的思想解放运动，促进了中国人民特别是知识青年的觉醒，为马克思主义在中国的传播创造了条件，也为中国共产党的诞生做了思想准备。

红色年代

一切实践都需要思想的引领。五四运动激荡之下，得风气之先的苏州人民有了新的觉醒，特别是一批先进的知识分子，以救国救民为己任，不断探求改造社会的新方案，旨在重塑“国民性格”以改造社会的结社风潮掀起。以“做一个像人的人，做像人做的事”为宗旨创办的人社于1919年夏天在苏州成立。人社积极传播新思想、普及新文化，得到上海共产党早期组织的关注。筹办建党伟业的陈独秀为了给人社以正确的指引，热情地向人社提供《新青年》《劳动界》《觉悟》《共产党宣言》等系列启蒙书刊。引领时代思想潮流的文字如惊涛般汹涌而至，感召着百年前一批具有革命理想的青年才俊。工人夜校是“五四”时期开启民智、组织工人的基本阵地。为更好地在苏州播撒革命的火种，陈独秀指示东吴大学在读学生、共产党员徐雉联络人社负责人华有文，共商在苏开办工人夜校事宜。1922年夏，苏州第一所在中共领导下的平民识字班在潘儒小学成功开班。扫盲识字、针砭时弊、启发觉悟、唤起斗志，识字班在工人群体中影响日甚，遂改办成工人夜校。在潘儒小学工人夜校的带动下，苏州的工人夜校如雨后春笋般涌现。夜校的教学师资都是早期共产党人或初步接受马列主义的知识分子，尤其是来自上海的共产党员，成为夜校红色辐射的媒介，传播党的声音，凝聚前行力量。紧邻中国革命的策源地、中国共产党诞生地上海的苏州也成为上海早期革命家走出上海传播思想的第一站。恽代英、萧楚女、侯绍裘、陈望道、邓中夏……在太湖之滨、长江之畔这片革命的热土上，多少年轻的革命者冒着生命的危险，启迪世人，引领信仰，热情洋溢地撒播着革命的火种。就这样，由上海投射而来的思想之光，给阴霾笼罩的苏州带来了光明和希望，民智渐开，民众觉醒，为中共苏州地方党组织的创建做了思想上的准备。

红色故事

伟人毛泽东在著名的词《沁园春·长沙》中写道：“恰同学少年，风华正茂。”同学们现在正值少年，是风华正茂的年纪。大家也都知道，少年成长起来，就是青年——长大啦，成年啦！我们都要做新时代的新青年，有理想有抱负，对国家和社会有担当。新青年是一个时代冉冉升起的朝阳，是国家和民族前进与强盛的希望。

百年前，当中国处于内忧外患的黑暗之中，正是一批批觉醒的新青年，为民族振兴点亮了希望之光。那一段唤醒青年的波澜壮阔的风云历史，与一本名叫《新青年》的进步杂志有着深刻的渊源。

1912年，辛亥革命的胜利，宣告了中国数千年的封建专制制度被推翻，但中国社会仍处在落后的封建思想的桎梏之中。不久，袁世凯窃取革命胜利果实，意图复辟当皇帝，使得初见曙光的中华民族又笼罩在了封建思想的阴云之下。很多进步人士都意识到，仅仅通过革命来改朝换代并没有起到根本作用，社会大众不觉醒，落后的封建思想不改变，革命终究还是会失败。革命先驱陈独秀认为，“救中国、建共和，首先得进行思想革命”。一时间，进步人士纷纷探寻思想革命的道路。陈独秀决定办一份进步杂志来传播时代新思想，要想启蒙沉睡在旧思想中的社会大众，首先要唤醒时代青年们。

1915年9月15日，陈独秀在上海创办了《青年杂志》。陈独秀在发刊词《敬告青年》中，勉励青年们，要崇尚自由、进步、科学，“青年如初春，如朝日，如百卉之萌动，如利刃之新发于硎，人生最可宝贵之时期也”。当时，《青年杂志》为月刊，每月出版一号，每六号为一卷。因为带着新思想的气息，这本杂志的问世，犹如暗夜里的火把，给众多青年指

《青年杂志》第一卷第二号

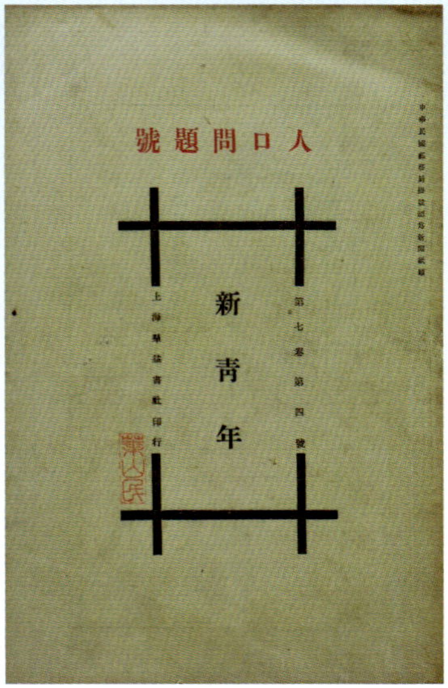

《新青年》第七卷第四号

明了进步的方向；又如平地一声春雷，惊醒了沉睡的中国大地。

因为《青年杂志》的名字与当时《上海青年》杂志的名字相近，也没有凸显出“新”的时代特征来，于是，1916年9月1日出版的第二卷第一号正式更名为《新青年》。从此，《新青年》杂志高举“德先生”“赛先生”，即民主和科学两面进步思想的大旗，成为预示觉醒年代到来的标志。

《新青年》是当时最受欢迎的刊物，进步青年无不追随《新青年》宣扬的进步的思想文化。《新青年》也是最为重要的刊物之一，在中国革命史中有着举足轻重的地位。以《新青年》为核心传播的进步思想，大力推动了1915年开始的新文化运动的发展，为五四运动奠定了思想基础。社会大众逐渐被唤醒，越来越多的新青年投身于民族救亡图存之路，封建势力和帝国列强受到沉重打击，中国革命迸发出排山倒海的力量。

最重要的是，《新青年》是传播马克思主义的思想阵地。马克思主义先驱李大钊接连在《新青年》发表《庶民的胜利》《布尔什维主义的胜利》，宣传和介绍马克思主义；随后，李大钊在《新青年》编辑出版了《马克思主义思想研究专号》，全面地宣传马克思主义思想。《新青年》传播马克思主义，为中国共产党的成立奠定了理论基石。陈独秀和李大钊也成为中国共产党的两位主要创始人和早期主要领导人。毛泽东在延安与美国记者斯诺谈及《新青年》时曾说：“当我在师范学校做学生的时候，我就开始读这一本杂志。”

《新青年》毋庸置疑是当时最畅销的杂志，借助群益书社，在全国各大城市发行，甚至在新加坡都有两个“代派处”。苏州也不例外地受到《新青年》进步思想的影响。1919年7、8月间，苏州省立一师的学生张建初、华有文等人成立了进步团体人社。陈独秀闻知，热情地赠送给人社《新青年》《共产党宣言》等进步的革命书刊，马克思主义在苏州迅速传播，极大地推进了苏州的革命事业，更为苏州地方党组织的建立做了思想准备。

当年如同火炬一般传播到苏州的那几本《新青年》杂志，今日依然醒目地陈列于苏州革命博物馆。其中一册是第一卷第二号，故名《青年杂志》，其余几册为厚厚的《新青年》合订本。经历了时光，虽然书页泛黄，但《新青年》传播的革命新思想始终熠熠生辉。正如习近平总书记强调的那样，“时间之河川流不息，每一代青年都有自己的际遇和机缘，都要在自己所处的时代条件下谋划人生、创造历史”。

更多内容
请扫一扫

红色启迪

从《新青年》创刊到五四运动爆发，一代新青年被唤起，他们勇敢、自信、有理想，走上创造历史的舞台，《新青年》的启蒙作用太重要了！

是的，五四运动爆发前，受过《新青年》所带动的新文化运动洗礼的青年，在新思想、新观念的指引下，开始行动起来。他们创办刊物，传播新思想、新观念，也表达自己的理想。他们组织团体，尝试按新思想、新观念改造社会，改造自己的生活。

五四运动爆发后，广大青年学生的积极活动带动了全国各地的群众爱国运动。青年学生以自己的行动，赢得了人们对他们“时代先锋”地位的认可。

以爱国、进步、民主、科学为内涵的五四精神，值得我们青少年好好发扬光大！

红色链接

五四运动

1919年的五四爱国运动，是为反对帝国主义对中国的侵略和反对北洋政府的一系列卖国行为而爆发的，其导火索是巴黎和会关于中国山东问题的无理决定。1918年11月，第一次世界大战以协约国的胜利而告终。1919年1月，战胜国在巴黎召开“和平会议”。会议置属于战胜国一方的中国的权益于不顾，断然拒绝中国人民维护国家领土主权的正义要求，规定战败的德国将在中国山东的一切特权转交给日本。巴黎和会关于山东问题的决定传到中国后，激起全国各地各阶层人民的强烈愤怒，以学生斗争为先导的五四运动如火山爆发般地开始了。然而，学生的反帝爱国行动却遭到北洋政府的严厉镇压。在此重要关头，工人阶级开始以独立的姿态登上政治舞台。随后，工人罢工、商人罢市如燎原烈火蔓延全国，扩展到全国150多座城市。素有革命传统的苏州民众也以无比的热情投入这场彻底的不妥协的反对帝国主义和封建主义的伟大运动。

红色感悟

陈独秀创办的《新青年》，就像树立的一面大旗，开始领路导航，中国人开始苏醒。始终坚持推动文化革新与社会革命的《新青年》，也给广大读者带来了马克思主义的启蒙。《新青年》深深影响了中国历史的发展。我们的国家今天已经进入了一个新时代，建设国家、服务社会的许多工作等着我们去做，将来我们也要成为新时代的新青年，而现在我们要做的就是为了未来而做好准备，做好我们这个年龄段应该做好的事情！

朱杏南烈士马褂

学习金句

奋斗的道路不会一帆风顺，往往荆棘丛生、充满坎坷。强者，总是从挫折中不断奋起、永不气馁。

——2019年4月30日，习近平在纪念五四运动100周年大会上的讲话

红色历史

1924年至1927年，一场以推翻帝国主义、北洋军阀为目标的革命运动，似滚滚洪流席卷中国大地，人们通常把它称为“大革命”或“国民革命”。大革命以第一次国共合作为基础，随着国共合作的破裂而告失败。大革命失败后，国内政治局势急剧逆转，原来生机勃勃的中国南部一片腥风血雨，工农运动走向低谷，中国革命进入低潮。面对国民党的反动统治，中国共产党吸取大革命失败的惨痛教训，实行武装起义和土地革命的总方针。南昌起义、秋收起义、广州起义相继发动，开始了创建人民军队和创建革命根据地的斗争。然而，此时“左”倾盲动主义却在全党取得支配地位，确定了以城市为中心的全国武装暴动计划，一些地区盲目暴动带来惨痛失败。实际上，从外国搬来的“城市中心论”是脱离中国实际情况的。1928年6月，党的六大召开。其后两年间，党在国民党统治区的实际工作中深入群众，使秘密工作同公开工作结合起来，一度遭到严重破坏的党在国民党统治区得到一定程度的恢复和发展。同时，党也加强了对各地红军和农村根据地的领导。大革命失败后似乎已陷入绝境的中国共产党，经过艰苦的斗争，又重新壮大起来了。

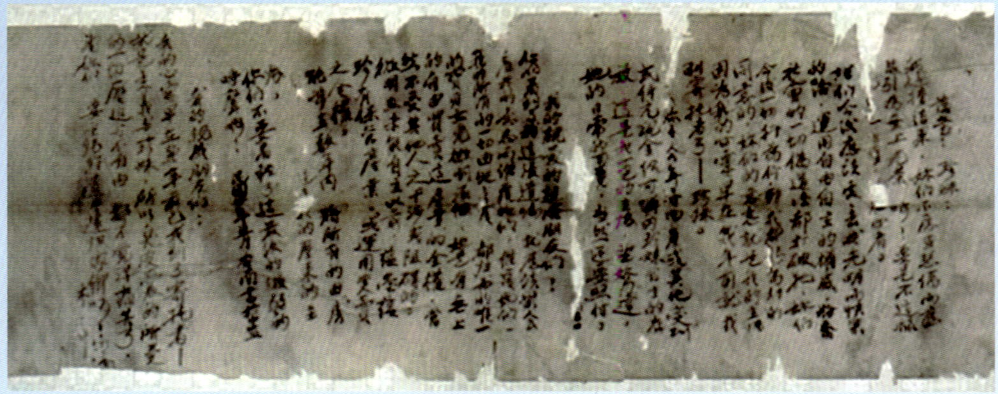

朱杏南烈士的遗书

红色年代

1927年四一二反革命政变后，苏州的党组织屡受破坏，斗争极其艰苦。1927年6月，中共苏州独立支部改建为县委，开始称“中共吴县县委”，不久称“中共苏州县委”。县委在苏州城区成功领导了铁机丝织工人大罢工。此时，党组织的发展处于低潮。1929年7月下旬，苏州成立党团行动委员会，准备组织集会，但由于国民党当局戒备森严，集会没有举行。1930年夏，中共苏州县委改为中共苏州中心县委，统一领导常熟、昆山、太仓等县的党组织。同年7月，县委组织攻城暴动，不幸失败。1932年3月，省委巡视员在视察苏州后被捕，导致苏州党组织遭严重破坏，活动中止。此后，仅有少数基层党员活动。1934年至全面抗战爆发，在白色恐怖笼罩下，苏州城乡的党组织基本解体，只有个别基层组织和党员有些隐蔽的活动，党组织的发展趋于停顿。

红色故事

“大家快走！走快点儿！朱家又在开粮仓接济穷苦人了……”

一群衣衫褴褛的农民，一个个拎着米袋子兴高采烈地往朱家大院赶去。

大街上，其他商贩撇着嘴，冷嘲热讽起来：“快看，败家子，又在败家了，早晚会倾家荡产！”

被那些人称为“败家子”的人就是江苏江阴夏港镇的朱杏南。

朱杏南家在当地属于巨富之家，看看他们家的穿着和财产就知晓了。朱杏南平时穿的都是有花纹的锦缎长袖马褂，这种布料的马褂普通人家基本用不起，更别说是穷苦人家了。朱家有田地几百亩，房屋20多间。此外还有酒坊和酒店等产业，这些产业好好经营，朱杏南肯定会成为一名成功的商人，家里的钱财也够子子孙孙享用了。

不过朱杏南却不这么想，他觉得自己富有、自己强大并不伟大，只有让全中国的老百姓一起富、一起强，才是真正的事业。

可是，朱杏南知道，中国的普通百姓不仅生活贫穷，精神也贫乏，要想改变命运、改变民众，必须从根本上出发。于是，朱杏南用自己家的资金创办了书报社和小学，从外地引进求学归来的进步青年成立夏港同志会，为当地的百姓普及文化教育。

1927年，朱杏南加入了中国共产党，他明确认识到，只有共产党才能拯救中国。加入共产党后的朱杏南积极参与农民暴动，他知道，只有打倒土豪才能让老百姓分到田地，分到田地的老百姓才能不饿肚子。朱杏南他们当时的革命武装斗争震动了大江南北，反动派气急败坏，悬赏1000块大洋通缉他。朱杏南根本不畏惧，继续与敌人作坚决的斗争。

1929年的春天，30岁的朱杏南奉命到苏州担任中共苏州县委书记。到了苏州后，朱杏南才知道，由于几次遭受敌人的破坏和打压，苏州县委已经没有了经济来源。没有经济来源怎么开展革命工作？朱杏南二话没说，写了一封信寄回家，要求变卖自己开的酒坊和酒店。他的母亲收到信后无法理解自己的儿子，也骂他是败家子。可妻子支持他的决定。有了妻子的支持，酒坊和酒店很快就被变卖掉了。经费终于有了着落，朱杏南开始大展拳脚，他陆续找到多名失去联系的党员，苏州县委的工作也逐渐恢复了正常。工作可以正常开展了，可是党组织的活动经费仍远远不够。朱杏南又开始变卖自己名下的财产，刚开始是100亩地、9间房屋，之后又变卖了100多亩地和十几间房屋，后来还动员自己的妻子卖掉金银首饰。从他到苏

朱杏南

州开始，有力地支援了苏州县委的工作。

和他一起工作的革命人，个个都敬佩他。朱杏南为了革命事业，不顾家人反对，舍家弃业，一心只为崇高的革命理想。

1930年9月9日，朱杏南等共产党人正在开会商议下一步的革命工作。突然，一阵枪声如晴空霹雳，国民党反动派把房屋包围了。朱杏南命令大家赶紧撤离，一个个同志在他的掩护下安全撤走，而他因为烧毁现场的资料不幸被捕了。

在监狱中，反动派为了让朱杏南供出共产党人的消息，使尽各种恶毒的手段，坐老虎凳、灌辣椒水、上电刑，朱杏南受尽酷刑，几次昏厥过去，他的暗花纹锦缎马褂也血迹斑斑。

敌人把他摧残得面目全非，但朱杏南丝毫没有动摇他的革命信念，他坚信反动派长不了，共产党一定能成功！

朱杏南在狱中给家人和亲朋好友写下了遗书，告知他们：我这样的结果，你们不应当悲伤，而应该引为无上光荣！

1931年5月19日，那是一个黑暗的日子。南京雨花台，年仅32岁的朱杏南英勇就义。他就义之前还在高唱着《国际歌》：“起来，饥寒交迫的奴隶！……”

一个衣食无忧的富家子弟，将全部家产和自己的生命奉献给革

朱杏南烈士遗物

命事业。而这一切，只源于他的一个信念：只有中国共产党才能救国救民，才能让天下贫苦之人过上好日子。

朱杏南从容就义到现在已经91年了，但是他的革命精神和革命信念永远印在江阴和苏州人民的心中，就像他喜欢穿的暗花纹锦缎马褂一样，永远留存在苏州革命博物馆的展柜里。

红色启迪

早期从事革命工作真难啊，敌我力量太悬殊了！

是的，大革命刚刚失败，在极其险恶的局势下，一些不坚定分子离开了党的队伍，中国革命进入低潮。但是，在严峻的生死考验面前，中国共产党和中国人民并没有被吓倒、被征服、被杀绝。他们重新爬起来，揩干净身上的血迹，掩埋好同伴的尸首，又继续战斗了。

红色链接

八七会议

为彻底清算并纠正党在过去工作中的严重错误，决定新的方针，中共中央于1927年8月7日在汉口秘密召开紧急会议，即著名的八七会议。会议彻底清算了大革命后期陈独秀的右倾机会主义错误，确定了土地革命和武装斗争的总方针，并选出以瞿秋白为首的中央临时政治局。这次会议给正处在思想混乱和组织涣散中的党指明了出路，为挽救党和革命作出了巨大贡献。这是由大革命失败到土地革命战争兴起的一个历史转折点。

红色感悟

背叛自己阶级的人是少数。朱杏南本来可以过一辈子养尊处优、锦衣玉食的生活，但是他没有。他面对20世纪初山河破碎、内忧外患、民不聊生的中国，不愿意做一个坐而食利的地主土豪，不愿意做一个高高在上、衣食无忧的公子哥，他不愿意看着广大农民受苦受难，他要冒着丢掉性命的危险搭上全部身家去为贫苦大众谋幸福。幸而百年前的中国有如朱杏南这样的一群人，不然不知今天的中国会是怎样的境况！

阳澄湖地区母子英烈

学习金句

在波澜壮阔的中国人民抗日战争中，千千万万的抗战英雄抛头颅、洒热血，为战争胜利作出了重大贡献，为铸就伟大的抗战精神作出了重大贡献。

——2015年9月2日，习近平在颁发“中国人民抗日战争胜利70周年”纪念章仪式上的讲话

阳澄湖地区抗日斗争史迹陈列馆

红色历史

1937年7月7日，卢沟桥事变爆发，中国官兵奋起抵抗，中华民族全面抗战从此开始。面对民族危亡的严峻形势，中国的抗日战争怎样才能走向胜利？中国共产党从抗战一开始就提出了一条广泛发动群众，武装群众，依靠群众对日作战，实行人民战争的全面抗战路线。中国共产党认为，中国是有力量进行抗战并最后取得胜利的。这种力量最深厚的根源存在于广大人民中，只有动员和组织人民，使抗日战争成为真正的人民战争，才能抵御强敌，才能引导中国抗战取得最后的胜利。中国共产党提出的全面抗战路线在全国产生了重大影响，成为全国人民坚持抗战、争取胜利的旗帜。在全面抗战路线的指引下，全国各地的工人、农民、知识分子和其他爱国人士以更高昂的爱国热情投入抗日洪流。抗日战争成为中国近代历史上空前规模的全民族的反侵略战争。1945年8月15日，日本宣布无条件投降。9月2日，日本在投降书上签字。至此，中国抗日战争胜利结束。中华民族为赢得抗日战争的胜利作出了巨大牺牲，无数英雄儿女为赢得民族独立献出了宝贵的生命。

红色年代

苏州沦陷后，中共江苏省委陆续派人来苏州重建地方党组织。苏州党组织重建后，广泛开展统战工作，努力改造各路地方武装。1938年8月，常熟人民抗日自卫队成立，宣告了苏州地区由共产党直接领导的第一支人民抗日武装的诞生。经过一年多的艰苦奋斗，常熟东乡地区，苏州阳澄湖、漕湖地区和吴江东太湖地区分别形成了若干游击基点。1939年5月，叶飞率新四军六团以“江抗”的名义东进苏州。6月，江抗总指挥部移至阳澄湖畔太平桥。阳澄湖畔成为东路地区开展敌后抗日游击战争的主要基地。随着江抗和地方党组织在这一带的发展，从苏州北部的阳澄湖地区至常熟东乡，以及昆山北部的石牌地区连成一片，逐步形成最主要的一块敌后抗日游击区。9月，江抗西撤。11月，新江抗成立，成为坚持在苏州敌后斗争的革命火种。新江抗成立后开展了一系列抗日活动，并逐步建成阳澄湖、苏西北两块敌后游击区。1940年4月，谭震林来到苏州，大刀阔斧地创建抗日根据地。到10月，以苏常太为中心，东至昆嘉青、西至澄锡虞的东路抗日根据地基本形成。

红色故事

从战火纷飞的抗战时期到如今的和平年代，相城区阳澄湖镇消泾村消泾老街26号几经变迁：它是“交通联络站”，它是“革命烈士故居”，它是如今新时代的“阳澄湖地区抗日斗争史迹陈列馆”。数易其名，但无论以怎样的名义称呼它，这里都闪耀着红色精神的光芒。

因为，有一对英烈母子在这里播下了革命的火种，用红色的精神照耀了后人前进的道路。

这里原本只是抗日战争时期阳澄湖镇消泾村一户比较殷实的人家的老宅，但新主人的到来改变了这里的一切。新主人名叫沈菊英，她出身于湘城陆巷一个小商人家庭，嫁到消泾村，3年后丈夫因病去世，其子陆义尚且年幼，从此沈菊英携子艰难度日。

1938年秋，全面抗战进入战略相持阶段。1939年，江抗东进抗日，开辟苏常太、澄锡虞抗日根据地。中共江苏省委陆续派遣人员到阳澄湖地区开展工作。沈菊英毅然投身革命，她家被选作交通联络站。沈菊英腾出宅子，保护受伤战士在此休整，除热情接待一批批过往人员并负责食宿外，她还成为中共地下交通员，为抗日斗争传递重要情报。她家后来成为江抗消泾办事处驻地，是苏常太地区最可靠的交通站之一。

阳澄湖地区抗日斗争史迹陈列馆内景

在传送情报的过程中，沈菊英总是细心谨慎，夏天将情报藏于鞋履、盘于长辫，冬天将情报缝于夹袄。

1940年7月的一天，沈菊英在去皇罗庵送情报时不幸被反共顽固派武装胡肇汉部的便衣密探抓住。胡肇汉见抓到了江抗交通员，露出凶残本性，不经审问，就以新四军情报员的“罪名”，将沈菊英押至东岗村集福堂旁的大坟场。面对胡肇汉的威逼，沈菊英毫不畏惧，英勇就义，时年仅38岁。

得知母亲被害的噩耗后，沈菊英19岁的独子陆义义愤填膺，他当时已经是消泾村青年抗日联合会的骨干分子，决心继承母亲遗志，完成她未竟的

抗战时期进步剧社在阳澄湖地区表演抗日街头剧《放下你的鞭子》

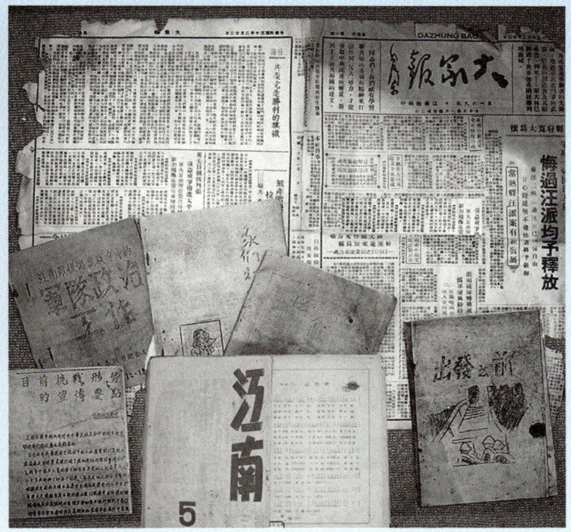

抗战时期阳澄湖地区出版印刷的《江南》《大众报》等抗日报刊

事业，以更大的热情投入抗日救亡运动。

1941年，陆义参加当时的洋澄县民抗部队，辗转于阳澄湖地区开展抗日斗争。同年4月，陆义与县长陈鹤等13人在北前村曹家尖遭胡肇汉部突袭包围。突围中，陆义不幸负伤被俘，不久被胡肇汉部杀害于渭塘李家浜，牺牲时年仅20岁。

不到一年的时间里，沈菊英和陆义母子两代人，为抗日救国献出了宝贵的生命，他们的英勇事迹在阳澄湖畔一直被传颂着。

光阴荏苒，日月如梭，那个曾经由沈菊英母子播撒了革命种子的老宅，

如今变成了红色打卡地——阳澄湖地区抗日斗争史迹陈列馆，革命精神薪火相传，永放光芒。

沈菊英的革命故事也被编进了《沙家浜》，阿庆嫂的原型之一就是沈菊英：阿庆嫂以开茶馆作为掩护，与敌人斗智斗勇，最终使36名伤病员安全转移。

“垒起七星灶，铜壶煮三江，摆开八仙桌，招待十六方，来的都是客，全凭嘴一张……”一段耳熟能详的唱词显示的是阿庆嫂护卫革命者的沉着机智，她总是让人想到沈菊英烈士，想到母子英烈的革命精神。正是无数先烈抛头颅洒热血，才换来了祖国美好的今天。

红色启迪

母亲与儿子都为革命而牺牲，他们值得我们尊敬！

是的，革命战争年代，为革命而一家多人牺牲的家庭有很多，先烈夏明翰一家有5人为革命献出了宝贵的生命。

正是因为有无数这样的忠烈之家，才换来了今天的盛世。如今盛世之下的人们，将永远不会忘记为革命付出生命的先烈们。

战争的记忆是痛苦的，我们可以忘记那些残酷的场面，但是我们不能忘记战争中为了光明而牺牲的烈士们。

红色链接

胡肇汉落网

胡肇汉原籍湖南岳阳，曾任江苏省青浦县警察局水巡队队长等职。1937年淞沪会战爆发后，胡肇汉流落太湖，后到阳澄湖太平桥自立门户。曾率众摧毁黄埭日伪警察所，攻下北桥伪军据点。1939年5月，江抗东进来到阳澄湖畔，胡肇汉接受改编，为江抗四路独立第一支队司令。9月，江抗主力西撤，胡肇汉滞留阳澄湖重新拉起武装。新江抗成立后，胡肇汉任东路副司令，但保留编制单独行动。1940年秋，胡肇汉接受国民党收编，任江苏省第二区第一保安团团长，与江抗为敌，摩擦不断。抗战胜利后，胡肇汉任吴县阳澄湖区区长。1949年4月，苏州解放后，胡肇汉秘密转入地下，后潜逃至台湾。1950年3月，胡肇汉由台湾途经浙江舟山潜回上海，秘密召集旧部，图谋到苏州进行颠覆破坏活动。5月21日，苏州、上海两地公安机关联手将胡肇汉抓捕归案。12月1日，胡肇汉经公审后在苏州伏诛。

红色感悟

战争，给人们留下太多的眼泪、痛苦、伤痕。21世纪的我们，虽然没有经历过一场场惊心动魄的战争，但战争所留下的创伤和惨痛记忆，将永存于心。因为战争的残酷，我们更加珍爱和平。和平是世界人民的心声，和平是安居乐业的保证，和平是幸福生活的根本，和平是发展进步的保障。在阳光灿烂的日子里，我们期待和平鸽永远飞翔在蔚蓝的天空。愿世间没有战争，愿世界永远和平。

他的胸膛里“长”着一颗子弹

学习金句

伟大抗战精神，是中国人民弥足珍贵的精神财富。

——2020年9月3日，习近平在纪念中国人民抗日战争暨世界反法西斯战争胜利75周年座谈会上的讲话

苏州革命博物馆内景

红色历史

1931年9月18日，日本帝国主义发动九一八事变。中国局部抗战开始，中国共产党领导东北抗日联军在东北敌后开展抗日游击战争。1932年1月，日军进攻上海，一·二八淞沪抗战爆发。1936年10月，中国共产党领导的工农红军胜利结束长征，北上抗日。1936年12月，在中国共产党的努力下，西安事变和平解决，为国共两党合作抗日铺平了道路。1937年7月7日，日军发动卢沟桥事变（又称“七七事变”），抗日战争全面爆发。1937年10月，中国共产党领导的南方八省红军和游击队改编为新四军，广泛开展敌后游击战争，建立革命根据地。中国共产党领导的抗日军队坚持游击战争，坚持团结抗日，将敌后战场逐步转变为抗日主战场，并不断取得对日斗争的胜利，同时打退了国民党反动派的一次次反共逆行。1945年8月15日，日本宣布无条件投降；9月2日，日本在投降书上正式签字。十四年的抗日战争以中国全面胜利而结束。

习近平总书记指出：“中国人民抗日战争胜利是以爱国主义为核心的民族精神的伟大胜利。爱国主义是我们民族精神的核心，是中国人民和中华民族同心同德、自强不息的精神纽带。”

红色年代

1937年，抗日战争全面爆发。在江南地区，诞生了一支名叫“江南抗日义勇军”（简称“江抗”）的英雄队伍，受到陈毅的指导和关心。本篇红色故事的主人公就是江抗部队的一员，他叫刘飞。

刘飞

红色故事

人的身体里能长出子弹吗？当然不能，谁都不能。

可刘飞的胸膛里怎么就“长”了一颗子弹，而且“长”了45年！那是一场战争给他“种”下的。

刘飞是谁？抗日战争全面爆发后，1939年，新四军以江南抗日义勇军（简称“江抗”）名义东进抗日，刘飞就是江抗的一

以新四军六团为骨干的江抗东进前召开誓师大会

名战将。他随同江抗开展游击战，奋勇打击日本侵略者。1939年5月，江抗向东挺进常熟，和常熟人民抗日自卫队（简称“民抗”）相互配合，共同抗日。

日军嚣张的气焰受到了沉重的打击，听到“江抗”二字就胆战心惊。苏州地区的老百姓在江抗的保护和动员下，也积极开展抗日活动。可是，随着江抗的实力不断壮大，又深受人民拥护，国民党反动派不安起来。他们不去打击日本侵略者，反倒无端指责起江抗来，企图打压江抗。江抗深明大义，呼吁一致对外，共同抗日，然而国民党反动派不管不顾，密

刘飞身体内的子弹

令一支号称“忠义救国军”的国民党军队对江抗发起“围剿”。

江抗顾全大局，为避免和国民党军队发生冲突，决定西撤，向苏北挺进，去开辟新的游击战场。不料就在1939年9月初，当江抗行进到江阴顾山，遭遇了阴魂不散的忠义救国军。在退无可退、避无可避的局势下，江抗和忠义救国军的遭遇战爆发。当时刘飞任江抗政治部主任，他身先士卒，冒着枪林弹雨率领战士们反击。冲到半山腰时，刘飞感到左侧胸口被沉重一击，当即倒地不起。他知道不妙，自己中弹了！

鲜血顿时从刘飞口鼻中喷出来。一旁的警卫员和战士急忙将刘飞扶起，急得又喊又哭。刘飞痛苦地睁开双眼，冷静地问道：“看看我的后背，有没有血？”警卫员轻轻地翻动刘飞的身体，仔细看了看，哽咽着回答道：“后背没有血。”在巨大的伤痛中，刘飞虚弱地点点头，喃喃自语道：“后背没有血，就是子弹没打穿我的身体。那……那就不……不碍事……”他的声音越来越微弱，话没说完，就晕了过去。

在战场上只能进行急救处理，刘飞左侧胸膛里的子弹，根本没有条件取出来。在坚韧的革命意志的支撑下，刘飞奇迹般地苏醒了过来。随即，刘飞被抬到一条小船上，送去阳澄湖的后方医院治疗。当时缺医少药，手术环境恶劣，而刘飞左侧胸膛里的子弹打进了肺部，距离心脏只约1厘米，极其凶险。这种情况，即使在当时好一点的医疗环境里，也很难成功完成手术。这颗子弹不得不留在刘飞身体里，从此就“长”在他的胸膛里。

胸膛里“长”着这么一颗子弹，可不是闹着玩的。因为子弹在肺部，所以只要一咳嗽，刘飞就要痛苦地咳血。新中国成立后，刘飞成为一名将军，可他胸膛里的子弹长年累月地折磨着他，足足45年！

1984年，刘飞将军逝世。这颗见证了刘飞大无畏精神的子弹，才被取了出来。人们终于见到这颗“长”在胸膛里的子弹的真面目。它浸染着刘飞革命的鲜血，后由刘飞家人捐赠给苏州革命博物馆，供后人瞻仰。

红色启迪

刘飞将军在革命战争中的大无畏精神，真的很让我敬佩！

是的。这种伟大的抗战精神，我们要满怀景仰，并传承下去。

对对对。比如现在新冠肺炎疫情肆虐，广大“白衣战士”和疫情防控人员，就展现了这种大无畏精神，我们也要向他们表示敬意！

州州说得很对。在我们的生活和学习中，有了这种大无畏精神，就不怕任何困难，就能勇往直前。

这是一粒鲜血浸润滋养的红色种子。

红色链接

沙家浜

当年和刘飞一同在阳澄湖的后方医院治疗和休养的伤病员，一共有36名。这36名伤病员始终不忘战斗，以他们为主力，组建了新江抗，依托沙家浜独特的芦苇荡地形，继续进行抗日游击战。后来的京剧《沙家浜》，就是以这段常熟沙家浜的战争岁月为历史原型创作的。为了让后人铭记历史，传承革命精神，沙家浜规划建设了全国著名的红色革命景区，其中的沙家浜革命历史纪念馆被评为全国爱国主义教育示范基地，接待全国人民，尤其是中小学生前往瞻仰和学习。

沙家浜革命历史纪念馆的雕像

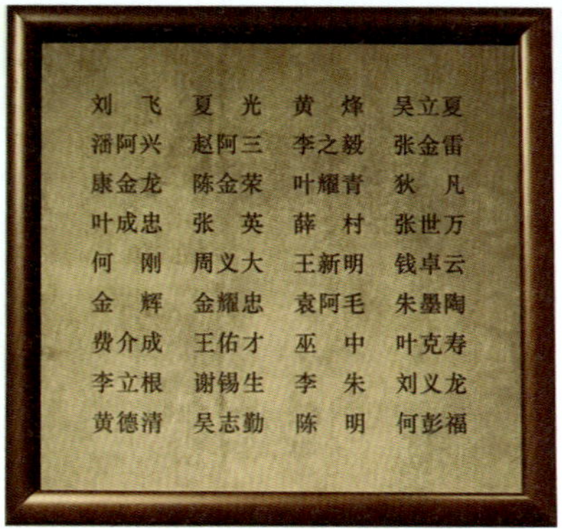

36名伤病员名单

红色感悟

一方面，刘飞的故事见证了军民携手取得抗战胜利的传奇；另一方面，我们在刘飞的故事中看到中国共产党一切为了人民的初心。中国共产党人从群众中来，到群众中去，一切为了人民，一切依靠人民，才可以取得革命斗争各个阶段的胜利。革命先烈为我们创造了现在的生活，我们要学习前辈们艰苦奋斗、勇往直前的精神。

这颗刘飞胸膛里“长”着的种子，有永恒的生命力。

冲山太湖游击队

学习金句

中国共产党坚持全面抗战路线，制定正确战略策略，开辟广大敌后战场，成为坚持抗战的中坚力量。

——习近平《习近平抗战史观的“八大要义”》

新四军太湖抗日游击支队纪念馆外景

红色历史

1937年7月，全面抗战爆发后，南方八省的工农红军和游击队改编为国民革命军陆军新编第四军。1938年6月，新四军第一支队司令陈毅率军进入茅山地区，开始创建以茅山为中心的苏南抗日根据地。1939年5月，根据“向南巩固、向东作战、向北发展”的战略方针，陈毅派遣六团团长叶飞率700余名官兵以“江南抗日义勇军”的名义东进苏州一带。江抗部队积极发展武装力量，开辟敌后抗日游击区。为顾全抗战大局，当年9月底，江抗部队西撤，然后北渡长江开赴扬中。11月，留守阳澄湖畔养伤的几十个伤病员成立江南抗日义勇军东路司令部，继续坚持抗日。1940年4月，谭震林来到苏州，江南抗日义勇军改称“江南抗日救国军”，致力于开辟以苏常太、澄锡虞为主体的苏南东路抗日根据地。1941年1月，皖南事变爆发，太湖水路交通的重要性凸显。为了加快开辟太湖地区的步伐，新四军在太湖之畔开始建立地方游击队。游击支队扼住太湖要冲，主要负责开辟苏西抗日根据地。

红色年代

1941年7月，中共太湖县委收编西山岛地方武装，成立苏西地方游击队。8月，苏西地方游击队被编入新四军六师十八旅四十八团。11月，十八团西撤茅山，苏西地区重建苏锡人民抗日自卫军。1942年3月，日伪开始对苏西地区“清乡”，自卫军长枪连撤离，留下少部分人员组成武工队坚持反“清乡”斗争。1943年下半年，苏锡人民抗日自卫军扩充队伍后更名为“太湖独立救国军”。1944年11月，太湖独立救国军与锡南的太湖游击支队合并，扩建成太湖县总队，也称“新四军太湖游击支队”。苏州抗战史上著名的冲山突围，便是新四军太湖游击支队与日寇进行的一次殊死斗争。

新四军太湖抗日游击支队纪念馆展馆内景

红色故事

冲山是位于光福镇太湖中的一座小岛，面积不足3平方千米，住有百来户农民和渔民，因地理位置偏僻，四周芦苇茂盛，曾是太湖游击队的主要宿营地之一。青青芦苇，见证了新四军在太湖地区艰苦卓绝的抗日斗争；拍岸湖水，吟唱着对革命先辈丰功伟绩的赞歌。

新中国成立之前，冲山半岛经常受太湖强盗的强取豪夺，百姓苦不堪言。1944年，有一批人马来到小岛上，岛上的百姓照例紧闭大门，躲在家里不敢出声。但渐渐地，他们发现，这批人和以往的太湖强盗不同——他们既不砸门，也不抓人，只是安安静静地在河滩边上扎营。当时只有20多岁的李阿凤扒着门缝偷偷往外看了几回，大着胆子，李阿凤开了门，把这些人迎回了家中。这些人到了李阿凤家里，用自己带来的米煮饭，碗筷不够了，向隔壁人家借，吃完后仍还给人家，就连缸里的水用完了，他们也会重新挑满。他们每个人都有一个包，“不拿群众一针一线”。看来，这真的就是自己人的部队了。此后冲山人便敞开大门，欢迎这支自己人的部队。

1944年9月，中共苏西县委为扩大抗日武装，切断沪宁、杭宁的交通线，支援全国的抗战，在冲山建立训练营地。9月9日，太湖游击队司令员薛永辉组织了50余人参加冲山岛的民兵骨干训练班，因叛徒告密，日寇纠集了日伪军100多人包围冲山岛，企图一举扑灭太湖地区的抗日力量。

由于情况突变，兵力悬殊，转移已不可能。薛永辉一面命令短枪班警戒掩护，一面布置其余人员下芦苇荡隐蔽，要求会游泳的队员伺机突围。经过几天战斗，部分同志壮烈牺牲，部分同志不幸被俘，也有部分同志从水路突围了出去。最后，只剩下薛永辉、李兴根和3位女同志，被困在冲山下茫茫的芦苇丛中。

敌人占领冲山后，到处搜索、打枪，汽艇也围着冲山不停地兜圈，向芦苇丛盲目扫射。这期间，隐蔽在芦苇荡中的薛永辉等5名游击队员，处境极其险恶。他们要忍受日晒雨淋、蚊叮虫咬和饥饿的煎熬，皮肤浮肿，伤口溃烂化脓；为了不被日军发现，还要时常转移藏身处，他们利用地形，东移西挪，同敌人周旋，白天隐蔽在芦苇荡里，晚上到坟堆里，用芦根、稻穗充饥。

敌人不敢进芦苇丛，急疯了，就放火烧芦苇。“烧，烧死他们！”疯狂的日寇叫嚣着，他们以为将芦苇荡烧掉，薛永辉等就再无藏身之处。谁知9月的芦苇正值生长旺季，待汽油烧光芦苇叶，青青的芦苇仍挺立在湖滩中，并倔强地长出新芽，像万千摇曳的旗帜。

凶残的敌人又用刺刀顶着老百姓，让他们手拉手“拉网式”地踏平芦苇。当时包括李阿凤在内的村民被分成若干组。起初大家都捏了把汗，但成片成片的芦苇倒下，都没有见到人影。很快前面就是一条小河浜，心知肚

新四军太湖抗日游击支队纪念馆

明的乡亲开始故意拖延时间，一会儿说这个河浜太宽了，跨不过去，还故意做出使劲跨的姿态，扑通跌落水中；一会儿又说水太深了，拿了一根竹竿，暗暗用力尽可能地伸入水下，再拿出来给日寇看——果然，水位很深。正当敌人犹豫之际，另一拨搜寻的人已经回头了，大家伙更有了理由，连忙说："'东洋'先生，你看那边的人都回头了，我们也回去吧。"敌人还在犹豫，要不要再坚持；加上又听有人"放风"说，薛司令已游出了冲山，在某地看见他在指挥呢，敌人大眼瞪小眼，终于垂头丧气地撤退了。其实，当时的情况真可谓千钧一发，因为薛司令和其他4位同志就隐藏在河浜对面的芦苇荡里。假如敌人再往前跨一步，这几位抗日骨干很可能就牺牲了。薛永辉等同志在芦苇荡里坚持了20天，直到9月29日上午，他们走出芦苇荡时，浑身浮肿，衣服烂成了条。

这就是有名的冲山突围，亦称“冲山二十日”。在这座面积约3平方千米的孤岛上，5位坚强不屈的太湖游击队战士在冲山人民的支援下，借助四周繁密茂盛的芦苇荡，与数百名日伪军周旋，用20天艰苦卓绝的斗争，粉碎了敌人消灭抗日力量的企图，为太湖游击队夺取抗战最后胜利保存了力量，谱写出一曲荡气回肠的英雄赞歌。

如今，沿冲山村的北山拾级而上，一座石雕映入眼帘。5位战士手握短枪、目光坚毅，凝视着万顷碧波。他们身后的新四军太湖抗日游击支队纪念馆内，60余件在苏州西部、无锡南部等太湖沿岸地区搜集到的历史实物，向到访的游人们诉说着这支队伍的传奇故事和这片土地的烽火岁月。

红色基因代代相传，矢志不渝、初心不改。国难当头，太湖游击队义无反顾地投身于抗日救国大业，英勇战斗在日寇铁蹄践踏下的江南水乡，这些太湖儿女是插在敌人心脏的一面血染的抗日旗帜，也是苏州人民心中永远的光荣和骄傲。

红色启迪

冲山突围战斗中，薛永辉等战士待在芦苇荡刺藜丛忍饥受饿20天也不向敌人屈服，真让人感动！

这种视死如归、宁死不屈的民族气节，是抗战精神的主要内容之一。历史是一面镜子，总能传递精神的力量。这种精神给予我们自尊、自信和面向未来的勇气。

通过重温这一段悲壮、激越的民族记忆，我懂得了今天幸福生活的珍贵。

所有的岁月静好，不过是有人替我们负重前行。让我们向英雄们致敬！向冲山父老乡亲致敬！

红色链接

反“清乡”斗争

1941年，根据日军授意，汪伪政府制定《治安肃清要纲》，决定对占领区分区、分期实施“清乡”。5月11日，汪伪政府“清乡”委员会成立，将“清乡”司令部设在苏州。“清乡”的主要目的是消灭抗日力量，加强控制和奴役中国人民；掠夺资源，摆脱由于侵略造成的日本国内的经济困境。6月18日，日伪签订《关于苏州地区清乡工作之日华协定》。日伪第一阶段“清乡”的范围包括常熟、苏州、太仓、昆山等地。7月1日，日伪共约1.8万兵力进入苏常太昆地区开展“清乡”。根据地军民在党的领导下奋起反“清乡”。反“清乡”开始时，新四军在军事上采取内线坚持与外线作战相结合的方针。由于对“清乡”严重性认识不足以及敌我力量悬殊，反“清乡”斗争从一开始就陷入了不利的局面。在内线坚持、外线配合战术失效的情况下，组织决定突围，跳出“清乡”区，转移北撤，部队采取“以分区转移对付敌分区‘清乡’”，地方采取“避开强敌，分散埋伏，积蓄力量等待时机”的策略。9月中下旬，日伪结束在苏常太地区的“军事清乡”，进入澄锡虞地区开始“清乡”时，我军和党政干部已主动撤离。1942年3月，日伪开始对太湖地区实施“清乡”。在中共苏西县委的领导下，苏西太湖地区的抗日军民，通过机智顽强的艰苦斗争，度过了1942年到1943年上半年最困难的日子，摆脱了被动的局面，终于战胜了日伪的“清乡”，完成了“坚持苏西”的任务，并一直坚持到抗战胜利。

红色感悟

在伟大的抗日战争中，苏州人民为抗战的胜利作出了重要贡献，也作出了重大牺牲。仅冲山突围一役，就有31名队员壮烈牺牲。英气长存，忠魂不灭。这些队员在民族危难之际，毅然踏上抗日战场；在枪林弹雨之间，勇往直前决不退缩；在严刑拷打之下，大义凛然从容就义。他们身上所彰显的这种天下兴亡、匹夫有责的爱国情怀，舍弃小家、顾全大家的奉献精神，视死如归、宁死不屈的民族气节，是弥足珍贵的精神财富。山河已无恙，我辈当自强。我们年轻一代要传承这种抗战精神，让红色精神绽放新的时代光芒。

一枚藏书章，就是一把火炬

学习金句

和平是人民的永恒期望。和平犹如空气和阳光，受益而不觉，失之则难存。没有和平，发展就无从谈起。

——2013年4月7日，习近平在博鳌亚洲论坛2013年年会上的主旨演讲

1949年7月，文心图书馆工作人员留影

红色历史

1945年8月15日，日本宣布无条件投降。日本帝国主义的侵略战争，以彻底失败而告终。中华民族经过浴血奋战赢得抗日战争胜利后，又面临着建立一个什么样的国家的斗争。中国共产党希望建设一个独立、民主、富强的新中国，而国民党统治集团企图实行一党专制独裁的反动统治。国共双方于10月10日正式签署会谈纪要，即《双十协定》。国民党当局表示承认“和平建国的基本方针”，和平建国出现了一丝希望。然而《双十协定》刚签订，国民党军队就向华北解放区进攻。党对国民党的军事进攻采取了针锋相对的措施，各解放区军民对国民党的军事进犯坚决反击。国民党的内战政策，激起要求和平民主的广大人民的强烈愤慨。国统区多地开展了“反对内战，争取民主”的大规模的爱国民主运动。在中国共产党的争取和美国总统特使的调停下，国民党当局同意共产党提出的建议，签订停战协定，召开政治协商会议。随着国民党破坏政协协议和停战协定行动的不断升级，全面内战日益迫近。党在被迫准备自卫战争时，仍努力避免全面内战，争取和平前途。但是国民党当局在完成内战准备后，悍然向解放区发动全面进攻，全面内战爆发。

红色年代

1945年9月2日，日本在投降书上签字。9月9日，中国战区日军投降签字仪式在南京举行。之后，停止抵抗的侵华日军在原地等候办理投降缴械事宜。虽然抗日战争进入反攻阶段，是新四军与地方抗日武装共同浴血奋战，解放了苏州境内大片的日伪占领区，但国民党当局却命从广西而至的国民党第94军第5师开抵苏州，负责受理苏州至上海间的日军投降缴械事宜。9月30日上午9时，苏州的受降仪式在谢衙前第5师司令部举行，仪式由第5师师长李则芬主持。日军第60师团师团长落合松二郎代表日军向中国军队表示降服，参谋长报告日军情况并递交有关投降文件及兵员、军械等表册。这标志着入侵苏州的日军正式缴械投降。当天，接收部队又分组前往常熟、昆山等地进行受降接收。

文心图书馆的匾额

红色故事

一枚藏书章，在苏州革命博物馆收藏着。它不是普通的藏书章，它的设计很特别：在一个齿轮的中心，除了印有“文心图书”四个字外，还有一把被高擎的火炬。这把火炬照亮了黑暗的大地，照亮了一群年轻人的心，让他们找到了前进的方向。

苏州这座千年古城在日本侵略者的践踏、轰炸、掠夺下变得千疮百孔。丧心病狂的日本帝国主义侵略者对苏州实行了8年的殖民统治。苏州人就此生活在水深火热之中，苏州图书馆被迫封闭，许多当时很受大众喜爱的书籍也遭到烧毁。

苏州的青年内心挣扎着、痛苦着，他们不愿意忍受日伪军在学校推行的奴化教育，他们心中渴求知识，期盼真理，渴望通过书本看到世界的真实样貌。然而，又何来一本真正属于知识和力量的书呢？希望在哪里？光明在哪里？国家和民族的未来又在哪里？

抗战胜利之初，在苏州的中共地下党员们清醒地意识到：作为国家栋梁的青年人绝不该沉沦，要依靠他们，组织他们，影响他们；要让他们读书，让他们清醒，让他们战斗！

文心图书馆藏书章及印戳

共产党人下定决心，必须创办图书馆。他们联合了几名有理想、有才华、有战斗力的青年，18岁的唐崇侃就是其中的一位。

可是创办图书馆需要很多经费，经费哪里弄？唐崇侃和其他几名进步青年开始自筹，有些向家里拿，有些节衣缩食。有了大家的努力，1945年10月，文心图书馆正式成立，而“文心”这两个字也蕴含着共产党人希望把图书馆办成苏州文化中心的大目标。

文心图书馆成立了，唐崇侃他们又开始设计图书馆的藏书章。章也具有深意，在一个齿轮中间刻上“文心图书”四个字，再刻上一把燃烧的火炬，这把火炬代表着中国的光明和前途。

有了图书馆，青年们可以自由阅读了。在创办不到4年的时间里，文心图书馆发展了2000多名读者。这些读者从书中寻找理想，寻找希望，寻找革命

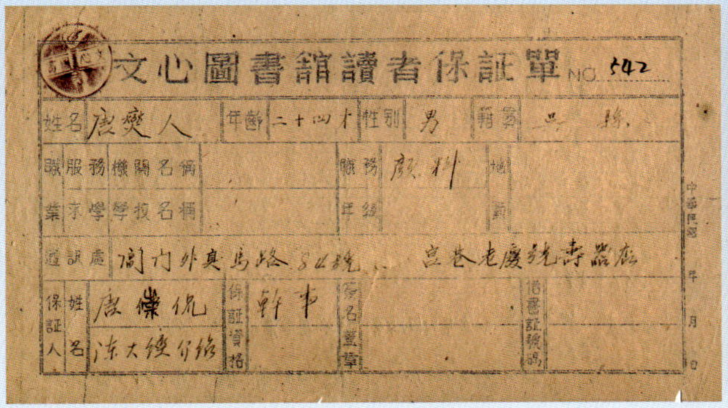
文心圖書舘讀者保証單 NO. 542

姓名	唐爽人	年齡	二十四岁	性別	男	籍貫	吴县
職業	服務機關名稱		職務			地址	
	求學學校名稱		年級				
通訊處							
保証人	姓名	唐崇侃	保証資格	干事	簽名蓋章		借書証號碼

中華民國　年　月　日

文心图书馆读者保证单及《文心月刊》

理念。文心图书馆也作为中共地下党活动的重要场所，通过组织活动，在青年学生中散播革命火种。

在大家的推荐下，唐崇侃担任图书馆地下党支部书记。在中共地下党的领导下，唐崇侃等几名进步青年开始编写刊物，引导苏州的青年人走上革命道路。唐崇侃还以正义锐利的笔为武器，写下了大量揭露国民党反动派统治的诗歌、散文和杂文。他在自己的诗歌中呼吁道："青年人，你们应该看齐的是正义和真理，而不是，杀人犯和刽子手。"他说："我一千次敲打我的理想，坚强之，纯粹之，然后有剑了，向罪恶的黑手臂击去。"

因为战斗需要，1948年，唐崇侃当了随军记者。他因积劳成疾，不幸牺牲，年仅21岁。他曾许下的那句誓言终得实现："从风沙里走来，向风沙里走去，我将走尽我的一生，在风沙里——留下年青的肉，年青的血。"

唐崇侃不是一个人，他是战斗在苏州文化艺术战线上的青年人的缩影。这些因书结缘的青年们以文聚力，以笔为戈，让文心图书馆成了苏州极有影响力的社团。他们不断引进一些进步书籍，为了迷惑国民党当局，还采购了蒋介石的书作为掩护。青年们还排演进步戏剧，开展书评影评，举办座谈会等丰富多彩的活动。

在文心图书馆的带动和影响下，大地、行知、职青等一批小型图书馆不断涌现；艺声歌咏团、正风话剧社等进步文艺社团也相继成立。越来越多的青年受到了教育，认清了前途，很多知识分子加入了中共苏州地下党组织。

有了坚强的战斗堡垒，青年们浴血奋战，越战越勇，不顾敌人的刺刀，依然奋勇前行，最终汇聚成为被党中央评为“第二条战线”的强大力量。因为这股不可逆转的强大力量，文心图书馆的火炬藏书章盖在了每一本进步书刊上，盖在了无数张借阅单上，盖在了几千名青年人的心上。

再看这枚藏书章，那是一把引路人举起的火炬，那火炬熊熊燃烧，那是一团革命的星星之火，向我们投来了信仰之光、真理之光、希望之光！

红色启迪

读书使人进步！看看文心图书馆的创办影响了多少读者的人生选择啊！

书籍是人类进步的阶梯。培根说过：“读书补天然之不足，经验又补读书之不足，盖天生才干犹如自然花草，读书然后知如何修剪移接。”可见，读书是非常重要的。

然而，我们应该读哪些书呢？如今的图书市场上，图书种类繁多，图书质量也是参差不齐，选择一些内容质量好的书至关重要。

是啊，我想除了认真研读我们的教科书外，在课外书籍的选择上可以以自己的兴趣为出发点，这样才能形成长期阅读的习惯。

红色链接

反饥饿、反内战、反迫害斗争

随着国民党内战政策的失败，经济危机和政治危机日益加深。国统区物价飞涨，人民群众的生活更加恶化，青年学生面临着空前严重的失学、失业威胁。当时国立大专院校公费生每天的菜金只能买两根半油条或一块豆腐，连肚子也填不饱。中共南京市委决定于1947年5月20日举行游行示威，并通电全国各大专院校，希望统一行动。苏州学生的反饥饿斗争也迅速开展起来。20日上午，京沪苏杭16所专科以上学校学生6000余人举行声势浩大的游行，在南京珠江路口遭国民党军警水龙、皮鞭、棍棒袭击，造成震惊全国的“五二〇”血案。苏州县委为了进一步推进反饥饿、反内战、反迫害斗争，决定以文心图书馆、艺声歌咏团、演剧社为主，在社教学院广场搭台组织充满民主气氛的文艺演出，近千青年到校观看，全场齐唱《团结就是力量》，激发了群众的斗志，把爱国民主运动推向各个学校，在苏州学生运动史上写下了光辉的篇章。

红色感悟

书是人类文明的结晶。书作为知识的一种载体，和每一个人的生活学习都息息相关。我们从小到大，每个阶段对图书的需求是不同的，所以我们要多读书；每个人的时间与精力是有限的，所以我们要尽可能读一些质量好的书。更重要的是，有些好书，值得我们反复地读！读书决定一个人的修养和境界，我们要从自己做起，养成读书的习惯，享受读书的快乐。让我们静下来用心与书对话、交流，在读书中成长成才。

刻写在钢板上的渡江战役

学习金句

没有任何力量能够阻挡中国人民和中华民族的前进步伐。

——2019年10月1日，习近平在庆祝中华人民共和国成立70周年大会上的讲话

红色历史

日本投降之后，国共两党之间的矛盾重新上升为主要矛盾。经过复杂而艰苦的谈判，国共双方于1945年10月10日正式签署会谈纪要，即《双十协定》，和平建国出现了一丝希望。遗憾的是，《双十协定》最终未能给中国带来真正的和平，国民党军队于1946年6月以中原解放区为起点，向解放区发动全面进攻。中国共产党领导解放区军民奋起自卫，解放战争由此展开。国民党军队的全面进攻没有收到预想中的效果，便放弃全面进攻，改为重点进攻陕北与山东解放区。国民党当局的作战方针使山东大部分地区落入其手中，但重点进攻策略也导致了自己后方兵力空虚，中共中央看准时机，派刘邓大

军挺进大别山，向国民政府统治中心地区——南京和武汉进军，从而影响了整个战局的发展。到了1948年，中共中央决定进行战略决战，彻底消灭国民党北方的军队。在经过辽沈战役、淮海战役、平津战役三大战役后，国民党军队节节败退。国民党政府决定重新与共产党谈判，但最终拒绝在和平协定上签字，和谈破裂。1949年4月20日，人民解放军发动渡江战役，百万雄师分三路强渡长江，彻底摧毁了国民党苦心经营的长江防线。4月23日，解放军占领南京，延续22年的国民党反动统治宣告覆灭。

渡江胜利公园

红色年代

1948年11月，国民党政府下令封锁长江，党的许多南北交通线中断。沙洲地方党组织和沿江群众冲破敌人封锁，先后建立了三条主要地下交通线，保障江南江北联络通畅。淮海战役胜利后，敌人加强了长江防线，妄图负隅顽抗。沙洲地方党组织发动当地群众与江防士兵建立关系，解放军挥师南下时，部分基层官兵举行了阵前起义。大军渡江前夕，沙洲地方党组织先后动员了近百名船民和农民，辗转抵达苏北，担负向导任务。同时，在沿江一线组织群众做路牌，画路标，分区安排好向导。1949年4月20日，人民解放军百万雄师横渡长江，21日，29军85师253团在数十名沙洲向导的带领下，扬帆驾舟，向长山、双山岛疾驶。沙洲的船民们在渡江战役中英勇顽强，冒着枪林弹雨护送渡江战士，有的船民为此献出了宝贵的生命。在船头横放钢板用来挡子弹，便是沙洲船民为顺利渡江而想出的妙招。经过一夜激战，22日拂晓，解放军成功登陆双山岛和长山岛，沙洲全境也迎来了解放。

红色故事

渡江战役中的钢板

有个成语叫作百炼成钢。钢，同学们都知道；钢板，也有很多同学见过。钢板是十分坚硬的物件，在很多地方都有着大用处。同学们可能想不到，在苏州革命博物馆中，有一块一人高的钢板，它可比普通的钢板珍贵多了。因为它不是普通的熔炉中锻造出来的，而是在解放战争的革命烈火中铸就的。

看样子，它是再普通不过的一块钢板，长方形，高170厘米，宽60厘米，黑色，表面有防滑纹路。而它的珍贵之处在于钢板上留有弹孔，其中一个弹孔比较大，打穿了钢板。那么，这块钢板上的弹孔是怎么回事呢？

这就要从渡江战役说起。这是一块渡江战役中，立在渡船的船头，用来挡子弹的钢板，起到了保护解放军战士和驾船船民的重要作用。可以说，渡船钢板在渡江战役中同样立下了赫赫战功。

1945年8月15日，侵略中国的日本帝国主义投降，中国取得抗日战争的胜利。但是国民党反动派不顾人民反对，悍然撕毁国共协商签署的《双十协定》，放弃和平建国的道路，挑起国内战争。共产党领导中国人民解放军，打击国民党反动派，解放战争爆发。国民党反

沙洲船工驾驶帆船奋力向长江南岸进发

动派不得人心，节节溃退。1948年9月开始，解放军接连发起辽沈、淮海、平津三大战役，与国民党军队展开大决战。解放军深得人民拥护，在人民的全力帮助下，势如破竹，全国解放指日可待。

在失败已成定局的形势下，蒋介石还在南京负隅顽抗，妄图依托长江天险，阻挡解放军南下。国民党反动派在长江沿线部署重兵，并进行严密封锁，长江上的交通船只无法往来，渔船也无法出动，国民党的长江防线号称“固若金汤”。

而解放军的百万雄师已经蓄势待发，只等一声令下，便横渡长江，直捣国民党政府老巢南京，再南下解放全国。

百万雄师中有一支解放军队伍——29军85师，受命担任江阴东段（今

解放军登陆，激战双山岛

张家港双山岛一带）的渡江战斗任务。长江中的双山岛，是一座地理环境独特的江中小岛，连通南北，又有芦苇丛掩护。面对国民党的长江防线，如何安排渡江作战的渡船成了首要问题。共产党军队依靠人民。张家港沙洲地区的地下党组织，充分利用双山岛独特的地理环境，发动人民群众，以双山岛为枢纽建立了地下交通网，为安排渡船传递情报。

当地群众积极响应解放军。船民们纷纷报名参加渡江作战，将自家的渔船修整坚固，准备好缆绳、船桨、旧棉被等作战所需物资。在战前集训和演练中，有船民发现，渡船在战斗中前进时，敌人炮火密集，船上缺少遮挡物。可是时间紧迫，改造渡船显然来不及了。于是，大家想到在渡船的船头设置一件遮挡物，以挡敌人的子弹。船民张鹤皋、张九斤兄弟俩便找来一块钢板，稍稍将它弯曲，再用沙袋固定，横放在船头。这样，敌人打过来的子弹就能被钢板挡住，起到有效的保护作用。

1949年4月21日，毛泽东、朱德签发《向全国进军的命令》，渡江战役正式打响。百万雄师横渡长江，势不可当。国民党反动派垂死挣扎，江面上枪林弹雨，战斗十分激烈。担任江阴东段渡江作战任务的29军85师，派出253团先遣队，在船民们驾船护送下，向长山、双山岛进发。渡船船头的钢板不断被子弹击中，有的甚至被打穿，在黑暗里溅起点点火花——这多么像是黎明前的星星之火啊！船民们和解放军战士一样英勇，不怕牺牲，冒着敌人的炮火，一船一船地运送解放军战士。

就这样，在人民群众的帮助下，解放军突破长江天险，以摧枯拉朽之势，于4月23日攻占南京，渡江战役取得胜利。而江阴东段打响的战斗，最重要的就是沙洲双山岛战斗，它拉开了解放苏州的序幕。解放军攻占双山岛后，解放沙洲，4月27日，苏州宣告解放。苏州历史由此翻开了崭新的一页。

其实，苏州革命博物馆中的这块渡船钢板，只是渡江作战中无数钢板中的一块。它上面虽然没有一个文字，但那些弹孔里，却写着新中国诞生的伟大历史。

凑近用心听听，至今还能听见历史的回音！

红色启迪

渡江战役的胜利，普通老百姓（如船民们）也作出了很大的贡献！

是的，习近平总书记曾说过，淮海战役的胜利是靠老百姓用小车推出来的，渡江战役的胜利是靠老百姓用小船划出来的。任何时候我们都不能忘了人民这个根，永远做忠诚的人民“服务员”。

是啊，从船头横放钢板挡子弹，我们也可以看出人民群众的创造力是多么强大。实践出真知，看来我们读书也要重视创新思维，多把书本知识与实践结合起来！

红色链接

解放苏州古城

人民解放军胜利渡江后，29军担负起解放苏州的重任。此时，国民党苏州驻军开始撤往上海，只剩下一个师以及交警大队、保安队等地方武装，布防于城北、城西之虎丘、枫桥、横塘一线，掩护主力部队东撤。4月26日凌晨，人民解放军从无锡出发，沿京杭大运河和沪宁铁路向苏州前进。部队进抵浒墅关后，根据敌人布防情况，军部部署85师沿运河和铁路两侧展开：254团为右翼，从浒墅关向枫桥实施主攻，255团在其右侧向高板桥方向实施牵制攻击；253团为左翼，沿铁路北侧攻打虎丘方向而后向城垣攻击。是夜，人民解放军与敌呈对峙之态。次日4时，军炮团加入枫桥阵地，枫桥、江村桥守敌撤离，红旗插上铁铃关；高板桥阵地突击队员用裹着棉被的桌子充当坦克，挡住敌人火力冲入敌阵；虎丘方向遇河搭桥三路合击，迫使敌人撤出阵地。人民解放军以胜利的姿态进入古城，受到苏城人民的热烈欢迎。

红色感悟

平凡铸就伟大，英雄来自人民。在船头横放钢板挡子弹的故事让我对平凡与伟大的概念有了新的认识。习近平总书记指出：“人民是历史的创造者。”是啊，赢得战争的胜利，建设城镇乡村，发展工业农业，战胜疫情灾难，创造多彩生活，一切都要依靠人民大众。希望我们长大后也能在平凡的岗位上做出不平凡的成绩！

一心为民的“赤脚县长”浦太福

学习金句

军地双方要发扬军爱民、民拥军的光荣传统，不断巩固军政军民关系，为实现“两个一百年”奋斗目标、实现中华民族伟大复兴的中国梦而共同奋斗。

——2018年3月12日，习近平在出席十三届全国人大一次会议解放军和武警部队代表团全体会议时的讲话

红色历史

1937年7月7日，卢沟桥事变爆发，中华民族的全面抗战从此开始。全面抗战初期，苏州即沦陷。党在苏州重建基层组织，组建人民武装，形成若干游击基点。随后，新四军以“江抗”的名义东进抗日，在苏州开创抗日根据地。苏州位于京沪铁路与京杭大运河交会处，扼江控海，水网密布，为开展敌后游击战提供了有利条件。但日、伪、顽、匪各种势力在苏州的存在，决定了这里的抗日斗争格外复杂艰苦。新四军发扬既是战斗队，又是工作队、宣传队的优良传统，宣传抗日民族统一战线政策，发展进步势力、争取中间势力、孤

立顽固势力，团结一切可以团结的力量共同抗日。农民抗日协会、青年抗日协会、妇女抗日协会、抗日少年团体等各种抗日群众团体如雨后春笋般纷纷建立。这些抗日团体积极配合和支持新四军的军事行动。在水乡地带，部队行军离不开船，各地群众有求必应，主动将自家农船无私奉献出来；广大妇女熬夜为部队做军鞋、军衣、军被；抗日少年热情为部队侦察敌情、站岗放哨；当遇到日伪包围袭击时，广大群众冒着生命危险，加以掩护，提供食品；有的群众表面上为日伪服务，实际上暗中为新四军收集情报；许多农民还参加破坏公路、拆除敌人工事的活动；许多青壮年踊跃参军，加入抗日队伍，直接参加游击斗争，捕捉下乡敌特，骚扰袭击敌人。可以说，根据地的每一个地方，都留下了军民之间深情厚谊的印记。军民鱼水情深，是苏南抗日根据地创建过程中的显著特色，也是新四军东进英勇抗战不断取得胜利的根本保证。

红色年代

浦太福是新中国成立后的太仓首任县长。自江抗东进后，浦太福在共产党和新四军的影响和教育下，逐步走上了革命道路，并在艰苦险恶的环境中经受了严峻的考验，最终成长为新四军战士、共产党员以及党的地方领导干部。那么他为什么被称为“赤脚县长”呢？我们一起来走进他的故事。

红色故事

浦太福的生平经历比较传奇。他曾是地主家的大少爷，衣食无忧，后来眼见国家蒙难，便从戎报国。浦太福参军后，不论是在教导队当学员，还是在各种工作岗位上，总是能吃大苦、耐大劳。后来他被调回家乡，坚持抗日斗争。苏州解放后，浦太福成为当地“父母官”，更加重视联系群众。他下乡工作，常光着脚和农民一起劳动、生活，人们亲切地称呼他为“赤脚县长”。干部、群众中哪家有困难，他总是慷慨解囊。有的困难户借了他的钱，年终勉强偿还，他发现人家背了一身债，就说：“这钱你先拿回去过年，以后有了钱再还。”

1945年1月，苏常太工委决定在常太边区成立太仓特区工委和特区办事处，浦太福被任命为工委书记兼办事处主任。此时，抗战进入战略反攻阶段，但斗争依然十分尖锐。浦太福到太仓后，按上级组织给他的太仓地区党员和积极分子名单，秘密寻找在“清乡”时隐蔽起来的共产党员和积极分子，恢复和建立党的组织。他还发动和引领群众向日伪开展反征粮（军米）、反苛捐等斗争，在他的带动下，太仓的抗日活动迎来了新的局面。

8月15日，日本政府宣布无条件投降。可璜泾镇的伪军警不但不接受太仓县政府受降布告的规定，还肆无忌惮地在镇上修筑工事，围铁丝网，妄

浦太福从事敌后抗日活动时居住过的民房　浦太福

图负隅顽抗。8月30日晚，苏常太警卫团在浦太福率领的太仓县大队的配合下，对璜泾伪军警据点发起进攻。战斗打响后，双方激战3个多小时，伪军弃阵逃往沙溪，浦太福率领警卫团和县大队进驻璜泾。8月31日下午，县长浦太福在璜泾召开群众大会，欢庆胜利。至此，太仓境内，白茆塘、七浦塘之间的大片乡镇重见天日。解放璜泾也成为浦太福率领太仓县大队参加的一场著名的战斗。

浦太福曾被调到谭震林师长身边当侦察参谋。他的老战友施光华同志回忆，中共江苏省委党史工作办公室成立后，谭震林同志在南京人民大会堂作报告，会后问夏光同志："当时那个浦参谋，现在怎么样啦？"夏老回答："浦太福同志前两年去世了，老同志和当地干部群众都很怀念他。"谭老一时无言，好像在追忆转战大江南北时的往事。

红色启迪

看完这个故事，这位光脚与农民打成一片的“赤脚县长”真的让我好敬佩。

是的，明明生活优渥可以选择安逸，他却投身革命，为太仓的解放立下汗马功劳，人民永远不会忘记他！

说得太对了！俗话说：“得民心者得天下。”因为浦县长心中始终装着老百姓，为老百姓办实事、办好事，所以老百姓才会真心爱戴他。

作为新时代的青少年，学习浦县长这种大公无私、一心为民的精神，并将其发扬光大，是我们应该做的。

红色链接

在太仓博物馆四楼的太仓革命历史陈列馆内，每天都有不少市民和企事业单位组团来参观。一张张泛黄的老照片，记录了太仓人民在中国共产党的领导下，坚持革命斗争的历史瞬间。这一张张老照片，带领一批又一批参观的市民群众近距离感受那段风云激荡的峥嵘岁月。

红色感悟

通过了解浦太福在参加抗日战争、解放战争、新中国建设中作出的卓越贡献，我们深切感受到了老一辈无产阶级革命者艰苦奋斗、不怕牺牲的革命精神。我们要始终牢记习近平总书记“把红色资源利用好、把红色传统发扬好、把红色基因传承好”的重要指示精神，在今后的学习与生活中，对自己高标准、严要求，始终守好“红色根脉”！

校园里的红色传承

百年雪松下的星星之火

学习金句

中国共产党的伟大革命精神跨越时空、永不过时。

——习近平《论中国共产党历史》

红色历史

1925年9月建立的中共苏州独立支部，是苏州地方上的第一个党组织。她的建立使苏州的革命斗争有了坚强的领导核心，她领导的反帝反封建罢工、示威和迎接北伐军等革命活动，充分锻炼了队伍，发现和培养了年轻党员，壮大了革命力量。1926年2月，共青团江浙区委候补委员、中共党员李强（原名曾培洪）受中共江浙区委指派，返回家乡常熟，在城区通江桥路12号（名“亦爱庐”），建立了常熟第一个党组织——中共常熟特别支部。1926年8月，中共党员王芝九从上海景贤女中来到昆山，以昆山县立中学训育主任的身份作掩护，秘密开展建党工作，建立了中共昆山独立支部。苏州及常熟、昆山等地党组织的相继建立，全面打开了党领导人民进行革命斗争的局面，进一步推动了苏州地区革命斗争深入发展。

红色年代

20世纪早期，苏州地区创办了几所著名的女子学校，如振华女校、丽则女校、乐益女校等。这些女校倡导男女平等的社会新风，女子也能通过接受教育为社会和民族作出贡献，推动了社会进步。本篇红色故事就发生于其中一所女校——乐益女子中学。

中共苏州独立支部旧址

红色故事

“大雪压青松，青松挺且直。要知松高洁，待到雪化时。”大家都知道这首歌颂不畏艰难、气节高尚的革命诗歌。在苏州市区的体育场路4号，原乐益女中旧址上，就傲立着一棵百年雪松，虽历经烽烟，但它依旧葱郁勃发，层层叠叠的枝叶刻录着先烈们的事迹，传颂着革命志士们如青松般高洁的风骨……

时光回到1921年，教育家张冀牖在苏州创办了一所女子学校：乐益女子中学。“乐益”的名字，取自“乐观进取，裨益社会”。张冀牖亲手种下了一棵雪松，希望这所学校能和这棵雪松一起成长，有益于社会。乐益女中广聘贤良，尤其注重团结进步人士。1924年，乐益女中聘任叶天底为美术教师。叶天底之前在上海等地组织开展革命活动，并于1923年底加入中国共产党。

时局动荡。1924年，江浙军阀混战，乐益女中被迫迁往上海，又于1925年迁回苏州。迁回不久，震动全国的五卅运动爆发。叶天底是乐益女中仅有的共产党员，他积极动员组织乐益女中师生声援五卅运动。张冀牖全力支持，全校停课10天，请来戏剧界名流，在学校搭台大演三天戏剧，以壮声势。乐益女中师生们分赴戏院、茶馆和火车站等处，发起募捐活动，以实际行动

叶天底

乐益女中校门

来援助五卅运动。乐益女中的革命行动点燃了社会热情，师生们和苏州工人等一起动手，填平了学校旁皇废基附近的小巷，拓建为马路，命名“五卅路”，并立碑纪念。

此时，张冀牖想起一个人，就是学校迁往上海时他认识的一位年轻人——侯绍裘。侯绍裘思想新潮，满怀革命理想。张冀牖专程赶去上海聘请他来乐益女中担任校务主任，侯绍裘欣然应允。

而上海的党组织也决定要在苏州创建独立支部，以领导苏州的革命运动。侯绍裘1923年加入中国共产党，革命活动经验丰富，于是，中共上海区委就将组建苏州独立支部的重任交给了侯绍裘。1925年8月，侯绍裘和入党不久的张闻天来到了苏州乐益女中。他们很快和叶天底建立了联系。1925年9月，乐益女中的雪松悄然见证了一起划时代的事件：中国共产党在苏州的第一个党组织——中共苏州独立支部在乐益女中秘密成立。独立支部的成员为叶天底、侯绍裘、张闻天，叶天底担任首任书记兼组织委员，张闻天担任宣传委员，侯绍裘的工作重心在上海。

苏州独立支部成立时，叶天底、侯绍裘、张闻天三人的平均年龄不过27岁，正可谓风华正茂、挥斥方遒。面对当时极为险恶的革命环境，年轻的革命者们丝毫没有害怕。他们以教师的身份为掩护，团结带领苏州的党员、团员们，冒着生命危险进行了一系列的革命活动。然而，日益高涨的革命形势令反动势力越发凶残。1926年初，在军阀政府的胁迫下，乐益女中无奈辞退了叶天底、侯绍裘等革命进步人士。但中共苏州独立支部的革命活动并没有停顿，独立支部的第二任书记许金元、第三任书记汪伯乐不畏牺牲，遭到杀害。1928年2月，叶天底病中被捕，面对敌人的威逼利诱，他坚贞不屈，壮烈牺牲。

先烈们的鲜血染红了旗帜，激荡着历史。从中共苏州独立支部成立的那天起，在乐益女中雪松下燃起的星星之火燃遍苏州，燃遍中国大地，熊熊不熄，照耀我们不断前进。

中共苏州独立支部旧址外景

中共苏州独立支部旧址内景

红色启迪

原来我们党组织的成立，是那样不容易，经历了那么多的磨难！党组织成立后，发挥了巨大的作用。我们需要党组织的领导。

“中国共产党领导是中国特色社会主义最本质的特征。”这是我们《宪法》里的话。自从诞生了中国共产党，我们的革命事业有了真正的领导力量，我们才能取得最终的胜利。

我知道，我身边很多大人都是党员，他们总是能身先士卒！和这些党员在一起，就是跟着党。

这些青年教师，是苏州黎明前的壮丽风景。你们现在是少先队员，以后会成为共青团员，长大后一定要努力成为共产党员哦！加油！

红色链接

五卅运动

五卅运动的“卅”，是“三十”的意思。1925年5月30日，上海两千余名学生声援工人斗争，百余人被逮捕。数千群众集中在巡捕房门外要求释放被捕者。英国巡捕开枪打死群众十余人，打伤数十人，是为“五卅惨案”。

5月30日晚，中共中央号召上海人民罢工、罢课、罢市，开展抗议英帝国主义大屠杀的五卅运动。五卅运动震动全国，随即北京、南京、汉口、广州等地人民通过游行示威、罢工、罢课、罢市以及捐款等表示坚决支持，形成全国规模的反帝高潮，并得到海外华侨和国际工人阶级的支援。但在帝国主义和买办资产阶级的威胁利诱下，6月，上海商界停止罢市；9月，上海工人复工。五卅运动是中国共产党领导的具有全国规模的反帝爱国运动，打击了帝国主义势力，提高了中国人民的政治觉悟，标志着大革命高潮的到来。

苏州市区的五卅路，是全国唯一的纪念五卅运动、以五卅运动命名的城市道路，距今已有近百年历史。每年5月30日这一天，都有广大市民自发将鲜花敬献于道路纪念碑前。

红色感悟

通过还原当年乐益女中学生的学习、生活场景，中共苏州独立支部旧址再现了苏州第一个地方党组织成立的全部历史，集中展现了中共苏州地方组织在苏州地方革命初期发挥的重要作用，还有苏州共产党人坚守信仰、视死如归的高尚品德。生活在和平年代的我们更要学史力行，从做好自己身边的每一件小事做起，通过积极的态度和坚定的行动传承红色基因，弘扬革命精神，勇担时代使命。

有空了，不妨到苏州体育场路走走，想想那一张张鲜活的面孔，一个个朝气勃发的年轻老师，伸出我们的手，与他们隔空相握！

太仓历史上第一个共青团组织（太仓市一中旧址）

学习金句

年轻干部要以先辈先烈为镜、以反面典型为戒，不断筑牢信仰之基、补足精神之钙、把稳思想之舵，以坚定的理想信念砥砺对党的赤诚忠心。

——2021年3月1日，习近平在中央党校（国家行政学院）中青年干部培训班开班式上的讲话

江苏省立第四中学口字楼

红色历史

国共两党合作后，建立了革命统一战线，增强了革命力量，壮大了革命队伍。为了打倒帝国主义、推翻军阀统治，1926年7月，国民革命军誓师北伐。通过共产党员在北伐军中不懈的思想政治工作、广大官兵的英勇作战、工农群众的大力支持，到1927年3月，国民革命军便从珠江流域一直推进到长江流域。随着北伐战争的节节胜利，全国工农运动以空前的规模迅速发展起来。但是，北伐胜利进军之时，上海发生四一二反革命政变，白色恐怖笼罩全国。在革命局势非常紧急的情况下，5月10日，共青团第四次全国代表大会在武汉召开。大会指出："在革命队伍中，没有比青年更甚的。"共青团中央为加强对地方团组织的领导，将共青团江浙区委分建为共青团江苏省委和共青团浙江省委。共青团江苏省委建立后，为积蓄力量，迎接新的革命高潮的到来，积极新建、恢复各级团组织，重点是沪宁铁路沿线的苏南地区。许多深受国民革命鼓舞的进步青年纷纷加入共青团队伍，共青团组织得到较快发展，到10月，江苏团支部已达199个。

江苏省立第四中学长廊

红色年代

1925年6月，浏河各界人士在天妃宫前广场集会、游行，声援五卅运动。图为天妃宫前广场

20世纪之初，太仓一些青年知识分子在新文化运动的影响下，思想日益摆脱封建思想的束缚。1919年，五四运动爆发，江苏省立第四中学学生成立学生救国团，联络太仓全县各学校实行总罢课，发动学生进行反日游行，号召商人罢市抵制日货，声援北京爱国学生，激发民众爱国热情。五四爱国运动让太仓广大民众特别是知识分子日渐觉醒。1925年，五卅运动爆发，江苏省立第四中学学生迅速反应，召开声援大会，呼吁民众团结；声讨英日罪行，抵制英货、日货；义演《生死关头》，主张缉凶惩暴；募集救助款物，誓作工人后盾。五卅反帝正义斗争，让太仓广大民众特别是青年学生又一次经受了锻炼和考验，为以后太仓地区党团组织的成立，作了思想上和组织上的准备。1927年，国民革命军光复太仓。历经五四运动、五卅运动的洗礼和北伐战争胜利鼓舞的太仓青年学生积极活动，太仓成立党团组织的条件逐渐成熟。我们今天的红色故事，就是一个关于江苏省立第四中学进步青年学生创建太仓历史上首个共青团组织的故事。

红色故事

在江苏省东南部，有一个美丽的县级市叫太仓，它位居长江口南岸，通江达海，地理位置优越，古代郑和下西洋的起锚地就在太仓，古代京师储谷的大仓也在太仓。这一切，造就了它“东方大港”“天下粮仓”的赫赫威名。

自古以来，太仓人居于港口，胸怀开阔，用敏锐的触角感知着世界，又敢于争锋闯荡，所以生活地域虽小，却有担当。太仓因此经济繁荣，教育先进，思潮领先。

在20世纪初风雨如磐的日子里，革命的星星之火在闪耀，紧邻上海的太仓城里也涌动着一种先进的思潮，这股思潮使有为青年在太仓做出了一个创举。

新中国成立后为太仓革命先辈颁发的烈士证

从五四运动开始，五卅运动、迎接北伐军、抗日救亡……爱国学生运动连绵不断、高潮迭起，具有光荣的革命传统。1927年5月的一天，在江苏省立第四中学的楼舍内，一个青年望着天空闪耀的启明星，他的心头有一簇火苗在摇曳，在升腾，他的思绪逐渐明朗起来：对，一定要加入共青团！国家兴亡，匹夫有责。唯有加入先锋的团队才能更好地为国效力。

这名有志青年当时就读于江苏省立第四中学高师科，作为一名进步青年，他了解到共青团江苏省委已于1927年5月成立。这一振奋人心的消息使

他按捺不住心中强烈的渴盼，决定加入共青团。

经过苏州中学一名共青团员的介绍，该青年奔赴上海，与共青团江苏省委负责人华少峰等迅速取得联系，他如愿加入了共青团。

回太仓后他积极开展工作，发展团员，负责筹建共青团太仓特支。

1927年7月，共青团太仓特支成立了，这是太仓历史上的第一个共青团组织，是太仓最早出现的在共产党直接领导下的革命组织。

团太仓特支成立后，未满一月，已发展团员14人。到1927年底，已拥有团员30人左右。他们是一批爱国进步青年，是一股进步的洪流，奔流在时代的前沿，成为革命的先觉者和先行者。他们组织学习马克思主义，武装头脑，冒着生命危险积极开展学生运动，与国民党当局开展斗争。

1928年正月十五前夕，团太仓特支秘密组成3个小分队，在城内张贴“打倒土豪劣绅”“打倒封建军阀”“打倒帝国主义”等标语。为了警醒国民党当局，他们还特地把标语张贴到了当时的县政府大门上，展现出共青团员无畏无惧的革命精神。

同年5月，团太仓特支遭到国民党当局破坏，多人不幸被捕，组织被破坏，活动中断。

团太仓特支存在期间，在传播革命思想、组织发动群众、反抗国民党反动统治等方面做出了不懈的努力，因此受到党中央的关注。1928年6月30日，

风华正茂的太仓市一中学生

周恩来在党的第六次全国代表大会的组织工作报告中，提及团太仓特支，直属江苏省委领导。

团太仓特支存在时间虽然仅有10个月，但它在历史上留下了不可磨灭的红色印记，催生了一种先锋精神，这种精神根植于江苏省立第四中学。学校虽然几经变迁，名字也早已更改为“太仓市一中”，但精神永垂，薪火相传。秉承这种精神，太仓学子努力学习，不负韶光，为校争光，为国效力！

红色启迪

自古英雄出少年，革命年代更是少年英雄辈出的年代。我若生长在那个年代，也会成为奋不顾身参加革命的一员。

一代人有一代人的担当。习近平同志指出："中小学生是青少年的主体，是国家的未来和希望。中小学生要立志成才，必须勤奋学习、提高综合素质，努力做到修身立德、志存高远，勤学上进、追求卓越，强健体魄、健康身心，锤炼意志、砥砺坚韧。"

我现在是一名少先队员，再长大些我也要加入共青团，像习爷爷说的那样，长大后成为建设祖国的栋梁之材。

是的，人生的扣子从一开始就要扣好。

红色链接

共青团苏州特别支部

青年最富有朝气，最富有梦想，是推动社会进步的生力军，是党干事创业的重要力量。作为党的预备力量，共青团在苏州不断发展壮大。1926年1月，为充分发挥共青团的作用，苏州改变了党员、团员统属党支部领导的方式，成立共青团苏州特别支部。其后，共青团常熟特别支部、共青团昆山特别支部、共青团太仓特别支部分别成立。革命年代，苏州早期的共青团员积极响应党的号召，满腔热情地投身于反帝反封建的民主革命洪流，在历次斗争与运动中始终不畏艰险、冲锋在前，彰显了青春的蓬勃力量，有的人甚至献出了宝贵的生命。

红色感悟

青年兴则国家兴，青年强则国家强。革命年代的苏州青年，为实现国家富强、民族复兴、人民幸福接续奋斗，将奋斗之青春浓墨重彩地书写在苏州大地上。一代人有一代人的使命和担当，历史的接力棒交到了新时代青年手中。在加快建设展现“强富美高”新图景的社会主义现代化强市的新征程上，当代青年更当传承先辈创业精神，赓续红色青春基因，以聪明才智奉献国家，以开拓进取服务社会，在时代昂扬向上的曲线中融进自身的生命轨迹，谱写动人的青春之歌。

苏州为党捐躯第一人——汪伯乐

学习金句

新中国是无数革命先烈用鲜血和生命铸就的。

——2019年8月19日至22日，习近平在甘肃考察时的讲话

红色历史

1924年至1927年，一场以推翻帝国主义在华势力和北洋军阀为目标的革命运动，似滚滚洪流席卷中国大地，人们通常把它称为“大革命”或“国民革命”。1924年1月，在广州举行的国民党第一次全国代表大会上确立了“联俄、联共、扶助农工”的三大革命政策，标志着第一次国共合作正式形成。1925年3月12日，孙中山在北京逝世，国共两党组织各界人民举行哀悼活动，广泛传播孙中山的遗嘱和革命精神，形成一次声势浩大的革命宣传活动。国民革命的呼声在全国各地更加高涨。一场新的大规模的革命风暴就要来临。全国范围的大革命高潮，是从1925年的五卅运动开始的。全国各地约有1700万人直接参加了这次反帝爱国运动，从通商都市到偏僻乡镇，到处响起“打倒帝国主义”“废除不平等条约”的怒吼。伴随着革命形势的迅速发展，

以直接打击受帝国主义支持的北洋军阀为目标的北伐战争，于1926年7月正式开始。在共产党人沿途发动的工农群众的大力支持下，北伐军势如破竹。但是北伐战争的胜利进军，未能遏制革命阵营内部的危机。1927年4月12日，蒋介石在上海发动反革命政变。7月15日，汪精卫召开国民党中央常务委员会扩大会议，正式同共产党决裂。第一次国共合作最终全面破裂，持续3年多的轰轰烈烈的大革命最后失败了。

红色年代

在革命年代，信仰的选择往往意味着生命的抉择。历史不会忘记，苏州独立支部的前三任书记，都牺牲在了敌人的屠刀之下。第一任书记叶天底，1928年2月在浙江陆军监狱英勇就义，年仅30岁。第二任书记许金元，1927年4月在南京被秘密杀害，年仅21岁。这是一个多么年轻的生命！与他一起牺牲的，还有创办独立支部的侯绍裘。第三任书记汪伯乐，1926年12月在南京被秘密杀害，年仅26岁。正是因为有了这些共产党人的忠贞不渝与拼死相搏，革命的火种才得以延续，并发出指引未来的光芒！我们今天红色故事的主角，就是最早牺牲的独立支部书记汪伯乐。

红色故事

在苏州大学科技创业园（苏州市长洲路吏舍弄10号）门口，有一方黑色的大理石。这是一块厚重的纪念碑，上面刻写的碑文告诉我们，这里是伯乐中学旧址。

伯乐中学是什么学校？这所中学有什么特别的意义吗？

我们从纪念碑的碑文中可以知道，伯乐中学曾是为了纪念革命先烈汪伯乐而创建的私立中学。汪伯乐，他是苏州历史上为党捐躯第一人，1926年12月被军阀杀害，牺牲时年仅26岁。

20世纪20年代，受五四运动和五卅运动等革命浪潮的洗礼，苏州地区很快成立了第一个党组织——中共苏州独立支部，1925年9月由叶天底等人在乐益女中秘密成立，叶天底担任首任支部书记。苏州独立支部的成立极大地推动了苏州地区各项革命运动的发展，因而受到当时反动军阀的打击甚至迫害。1926年初，乐益女中迫于军阀政府的威胁，无奈辞退了叶天底等人。叶天底秘密转战各地，继续革命活动。苏州独立支部由许金元接任第二任书记。

此时的汪伯乐，已是苏州革命阵营里的骨干成员，对于苏州革命运动积累了丰富的经验，发挥着重要的作用。汪伯乐祖籍安徽，1900年生于苏州。他自幼父母双亡，8岁时被送进苦儿院，在苦儿院长大。汪伯乐聪慧努力，17

岁时考入苏州的省立第一师范学校（苏州中学前身）。在校期间，他学习成绩优异，追求进步，五四运动时期被推举为学校的学生代表，参加苏州的学生联合会工作。劳苦大众出身的汪伯乐，对受苦受难的被压迫人民有着血肉情感。他发动志同

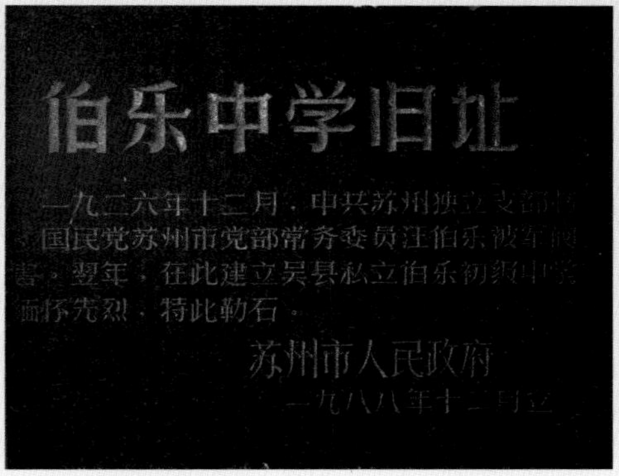

伯乐中学旧址纪念碑

道合的同学，在苏州旧学前的文山小学创办了一所工人夜校。汪伯乐白天在学校上课，晚上去夜校给工人群众传授文化知识，讲评时事。工人们通过夜校接触到了新思想，学习到了知识文化。这对于广大人民群众了解和支持革命，具有深刻的意义。

1921年，汪伯乐从第一师范毕业，成为一名小学教师。随后在革命先驱恽代英的影响下，汪伯乐加入了中国共产党。加入共产党后，汪伯乐更加积极深入地参加和开展革命运动。1926年，他冲破苏州军阀政府禁令，组织发动3000名学生进行声势浩大的游行抗争，在苏州声援北京军阀政府屠杀人民群众的三一八事件。1926年8月，根据革命需要，汪伯乐接任苏州独立支部第三任书记，成为苏州地方党组织的负责人。当时，讨伐军阀政府的北伐军已临近江南地区，党的重要工作就是策应北伐军，从而在苏州地区掀起革命高

潮。汪伯乐转任苏州阊门外的中华体专的教师，并秘密成立了迎接北伐军中心组，同时团结带领民主革命力量，共同为迎接北伐军开展起紧张的工作。

苏州的军阀政府惧怕革命浪潮，大肆搜捕革命人士。面对险恶的局势，汪伯乐丝毫不畏惧，凛然道："革命总是要流血的。我如果能为民众而死，也是死得其所！"尽管各项工作做得十分缜密，但是不幸还是降临了。1926年12月，一份革命机密信件不慎泄露，先是一批革命人士被捕，很快汪伯乐也被军阀政府逮捕。苏州社会各界闻知后纷纷想尽各种办法营救。阴险的苏州军阀政府害怕革命力量，竟将汪伯乐等革命人士转移到南京并秘密杀害。

汪伯乐是苏州地区自党组织成立以来第一名在革命中被杀害的共产党人。像他一样的先烈们，不畏牺牲，用热血为革命点燃火焰，焚烧黑暗的旧世界。

翌年，1927年3月，北伐军光复苏州，苏州社会各界迎回了汪伯乐等革命烈士的遗骸，并举行了隆重的追悼和公葬仪式；8月，应第一师范师生强烈呼吁，苏州当局划拨原长洲县署创立吴县私立伯乐初级中学，以纪念汪伯乐烈士。伯乐中学为广大劳动人民提供了学习机会，培育出了一批批优秀人才。

伯乐中学几经更名、合并，到现在，留下一方旧址和一段历史，传扬着汪伯乐先烈的光辉事迹，一直激励着我们。

红色启迪

汪伯乐是大革命时期苏州地方国共两党的负责人，也是苏州地区为党捐躯第一人，令人景仰。

汪伯乐抱病坚持工作，身体非常虚弱，被抓捕时是在医院被反动军警抬走的，真是悲壮啊！

他牺牲时年仅26岁，家里还有两个年仅1岁和4岁的孩子，想想真让人心痛。

像汪伯乐这样年纪轻轻就为革命事业而牺牲的，在苏州乃至全国何止千千万万。革命年代，先烈们在黑暗里寻找光明，在风雨中憧憬未来；身处新时代，我们在阳光下缅怀先烈之风骨，以今日之盛世回应昔日之畅想，足以告慰先辈：这盛世，如您所愿！

红色链接

随机应变的汪伯乐

汪伯乐积劳成疾，住进阊门外的苏民医院，但在病榻上仍然坚持工作。同志们利用探病的名义到医院来汇报情况，商讨工作，病房俨然成了秘密工作的指挥部。当时北伐军势如破竹迫近江南，苏州军阀当局对革命活动严加监视。1926年12月11日，警局派驻在邮局的检查员在例行检查时，发现一封信件中写有“由于地下工作繁忙，所以久久不能见面”的话语，警局遂拘捕了寄信者唐觉民。刑讯之下，唐觉民不小心透漏出策应北伐军的行动计划，警局随即派人监视汪伯乐的活动。此时汪伯乐已住院40多天，看到病房里突然来了几个陌生人，警惕性极高的他意识到自己已被密探监视。但他佯作不知，不露声色。当一名同志怀揣革命传单进来时，汪伯乐装作漫不经心地说：“你上次带来的梅兰芳戏票，4元一张是推销不掉了，赶快乘火车去上海，晚了要退不掉的。”来者见房间内有陌生人，立即领会了汪伯乐的暗示，转身离开医院而得以脱身。14日晚，军阀当局逮捕了汪伯乐。

汪伯乐

红色感悟

面对险恶的局势，汪伯乐的回答是："革命总是要流血的。我如果能为民众而死，也是死得其所！"是什么力量让他如此从容面对死亡、视死如归？是他对真理的追求铸就了坚不可摧的信仰，而崇高的信仰催生了无比强大的力量。正是有了这种信仰，他选择了抛妻别子，书写出惊天动地的人间大爱。正是有了这种信仰，他忍受残酷的刑罚，在最黑暗的时刻以生命坚守，至死不渝。崇高的理想、坚定的信仰是内心深处的追求和坚持，是一个人最宝贵的精神力量。我们每个人都要做一个有信仰的人，因为信仰就是人生的方向。

江苏妇女运动的开拓者张应春

学习金句

理想之光不灭，信念之光不灭。我们一定要铭记烈士们的遗愿，永志不忘他们为之流血牺牲的伟大理想。

——2016年7月1日，习近平在庆祝中国共产党成立95周年大会上的讲话

张应春烈士纪念馆

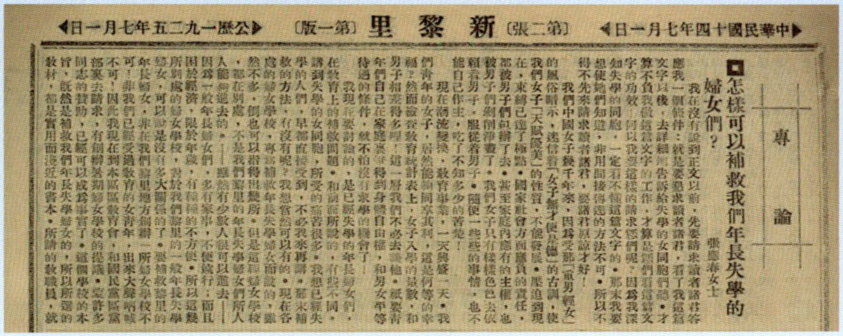
中華民國十四年七月一日　新黎里〔第二張〕〔第一版〕　公歷一九二五年七月一日

專論

怎樣可以補救我們年長失學的婦女們？

張應春女士

《怎样可以补救我们年长失学的妇女们？》

红色历史

在1915年开始的新文化运动中，民主、科学、妇女解放等新思想的传播以及五四反帝爱国运动的爆发，唤起了妇女们的爱国热情、斗争意识和解放要求。妇女们积极参加罢课、罢工、罢市斗争，声援北京学生。1921年，中国共产党建立。从此，妇女运动成为整个民族解放斗争的重要组成部分。国共两党第一次合作后，两党在上海、江苏的领导机构里都设有妇女部。各地妇女组织和团体纷纷建立。这些妇女组织和团体，除发动组织当地妇女群众参加革命运动外，还积极进行妇女自身解放的宣传，反对压迫妇女，反对买卖婚姻，谋求妇女解放、提倡男女平等。国民革命时期，工农劳动妇女开始登上政治舞台，逐渐成为妇女运动的主力。声援五卅运动期间，上海、苏州等地都发生了较大规模的女工罢工斗争。随着北伐战争的节节胜利，为迎接北伐军，上海、苏州等地成立了妇女协会等妇女团体，上海女工还参加了上海工人第三次武装起义。广大妇女积极参加北伐战争，是这个时期妇女奋斗的重要表现。与此同时，她们又借助北伐战争的有利条件，为自身的解放而奋斗。1927年四一二反革命政变发生后，国民党大肆搜捕共产党员和革命群众，许多女共产党员和妇女运动的领袖被捕，各地以共产党员为骨干的妇女组织大部分被破坏，妇女运动转入低潮。

红色年代

“天地英雄气，千秋尚凛然。”在革命年代的艰苦岁月里，她们或是前仆后继，为争取民族独立、人民解放和实现国家富强、人民幸福而无私奉献；或是以鲜血浇灌理想，用生命捍卫信仰，大义凛然，英勇献身。她们虽为女儿身，却巾帼不让须眉，用自己的实际行动推动革命事业向前发展。建党先驱向警予、巾帼英雄赵一曼、传奇特工沈安娜、碧血丹心江竹筠……这一个个闪光的名字，永远铭刻在历史之中。而在苏州革命征程上，同样也有许多的杰出女性涌现：创建苏州妇联的徐镜平、创办《吴江妇女》的张应春、讴歌抗日救亡的彭子冈、拒绝担任伪职的杨荫榆、保护国之重器的潘达于、掩护地下党员的施剑翘……历史终将铭记，有无数优秀的苏州女儿，放弃了小我的幸福，选择了无私的付出！正是因为有了这些优秀女性的执着追求与无私奉献，革命的烈火才得以愈燃愈旺，正义的力量才得以日渐彰显！我们今天红色故事的主角，就是妇女运动的开拓者张应春。

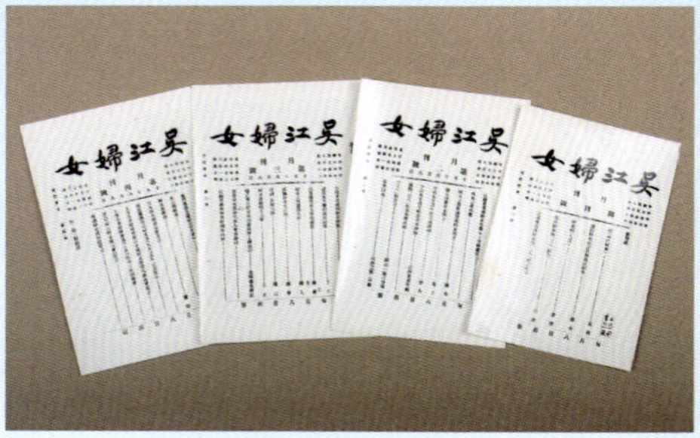

《吴江妇女》

红色故事

1901年的深秋，在苏州吴江汾湖之滨的古镇北库，有个女孩呱呱坠地。这一天是农历十月初一，农谚有云“十月芙蓉应小春”，父亲给她取名为“蓉城”，字应春，她就是日后成为吴江妇女运动开拓者的张应春烈士。

张氏家族自明末以来一直居住在吴江，耕读传家，家风淳厚，涌现出很多忧国忧民的知识分子。父亲张农是清末秀才，喜好吟诵，为人正直。张应春五岁就入父亲和叔父办的私塾就读，后随父进入黎里女子高等小学读书，她勤奋刻苦，各门功课都颇为出众。

张应春的少年岁月，正是中华民族饱受封建主义、帝国主义剥削与压迫的苦难时代。普通民众终年辛劳却不得温饱，广大妇女在封建礼教的束缚下处于边缘与被歧视的地位。母亲因连生四女而经常受到亲友邻居冷嘲热讽的不幸遭遇，更是刺激了她幼小的心灵，仇恨封建礼教、争取妇女权益的革命种子已然悄悄种下。

1915年末，袁世凯复辟称帝，这场闹剧也波及了张应春就读的黎里女校。当时女校每个教室都有学校印制的《课堂日志》一册，每天由值日生负责记载当日课程、班级情况等，另外还须填写年、月、日等基本信息。迫于官方压力，学校规定从1916年元旦起，学生记载日志时，禁止使用民国纪年，一律使用“洪宪”年号。

自从学校公布此规定后，学生们便在私底下议论起来，也有许多同学不赞成这种做法，可是从来没有人敢公开站出来反对。这一天，正好轮到张应春和柳均权在班级值日。两人商量后，决定坚决反对校方的做法。最后，由张应春在《课堂日志》上填上了“民国五年”四个字。不仅如此，两人还在大庭广众之下，大骂袁氏复辟卖国，黎里女校一片哗然。

1920年，张应春考入了上海中国女子体育学校。

1923年，经好友介绍，她来到有着“苏南革命摇篮”之称的松江景贤女中任教。在这所弥漫着浓郁革命气息的学校里，张应春与众多进步师生一起阅读《新青年》《向导》等进步刊物，一起针砭时弊、辩论演讲。其间，她加入了松江救国同志会，参与了反对曹锟贿选、悼念列宁逝世等一系列的爱国活动。不久，经侯绍裘介绍，她加入了改组后的中国国民党。从此，张应春走上了为天下人谋幸福的革命道路。

1925年8月，张应春当选为国民党江苏省党部执行委员兼妇女部部长，发动、领导妇女加入反帝反封建行动。1925年秋，她加入了中国共产党，在柳亚子、侯绍裘等的协助下，她在上海创办了《吴江妇女》，用以提高广大妇

张应春（左一）与同学在练习刀舞

女的觉悟，推动全省的妇女运动发展。在南京，她于中山陵奠基典礼前后积极参加、组织演讲游行，与右派做斗争，维护革命统一战线。1926年至1927年，在全国人民的大力支持下，北伐军进展顺利，军阀吴佩孚、孙传芳遭到毁灭性打击。正当北伐战争节节胜利之际，以蒋介石为代表的国民党反动派则撕下革命的伪装，开始实施其蓄谋已久的反革命政变。张应春在参加中共南京地委紧急会议时，与侯绍裘等其他与会同志一起惨遭逮捕，这就是震惊全国的南京四一〇反革命事件。

在狱中，张应春面对敌人的威逼利诱、严刑拷打，始终坚贞不屈。张应春被反捆双手，吊打了一天一夜，昏过去了，敌人就泼冷水，再昏过去就再泼冷水……张应春被折磨得遍体鳞伤，鲜血直流。可是，醒来后，她仍然只有一句话："我是共产党员！"敌人见其信仰坚定、视死如归，便决定痛下杀手。敌人将张应春等人捆入装有石灰的麻袋，然后用刺刀将其活活捅死。为了毁尸灭迹，敌人连夜用汽车将尸体偷偷运到通济门外，抛入九龙桥下的秦淮河中。烈士的鲜血流洒在了紫金山麓。

张应春牺牲时，年仅26岁。在这个青春美好的年华，张应春走完了她绚丽而短暂的一生。鲁迅先生说："死者倘不埋在活人的心中，那就真真死掉了。"而张应春烈士的革命精神与光辉事迹，却不会因为年代的久远而湮没不闻，人民不会忘却她为妇女解放和中国革命所作出的贡献，历史定会铭记一位巾帼英雄的名字——张应春。她是永生的！

张应春烈士遗像

红色启迪

1927年4月初，革命形势骤然险恶，在家乡养病的张应春得到前往南京的急电，置生死于度外，毅然奔赴南京开展斗争工作。这种明知山有虎，偏向虎山行的英雄气概，着实让人敬佩！

明明知道去的地方存在危险，可偏要往危险的地方去。在全国上下抗击新冠病毒的时刻，就有许许多多“最美逆行者”奋不顾身，主动请战到离病毒最近的一线。

狱中遭到严刑逼供的张应春，只有一句“我是共产党员！”的坚定回答。她的这句回答，一直传递到近百年后的今天，我们都能听见。

是的，在硝烟弥漫的革命岁月，有多少党员挺身而出；在抗击疫情的关键时刻，有多少“我是党员我先上”的担当。正是他们无私奉献的精神托起了人们今天的美好生活，他们永远是人们心目中的英雄。

红色链接

张应春烈士纪念馆

为烈士哀悼，向英雄致敬。在吴江烈士陵园内，有一座张应春烈士的衣冠冢。墓茔坐南朝北，面向南京，以遥望殉难之地。墓前竖立于右任题写的“呜呼！秋石女士纪念之碑”。墓茔初建于1931年一个冬日之夜，后屡有修葺。为纪念张应春烈士，1986年在张应春烈士墓西侧建了张应春纪念室。1992年，纪念室改建为纪念馆，由全国政协原副主席陆定一题写“张应春烈士纪念馆”匾额。纪念馆中央竖立着张应春烈士汉白玉半身塑像，像座正面镌刻着张爱萍将军的题词：“张应春烈士永垂不朽。”1995年，纪念馆被列为江苏省文物保护单位。

红色感悟

青山埋忠骨，绿水留英魂。如今，每年清明节前后或逢重大纪念活动时，吴江人都会凭吊张应春烈士，接受爱国主义教育。张应春烈士已经牺牲很多年了，但她依然活在后人的心中。因为人们心中有杆秤，自然晓得孰轻孰重：那些为民请命的人、无私奉献的人、勇于担当的人，历来为人们所尊崇，为历史所铭记。对英雄最好的纪念，就是传承她的精神。一代人有一代人的使命，在新时代，我们年轻一代更要传承先烈精神，听从时代召唤，负起自身责任，一代接着一代不断前进。

昆山独立支部

学习金句

坚定理想信念，必先知之而后信之，信之而后行之。坚定理想信念不是一阵子而是一辈子的事，要常修常炼、常悟常进，无论顺境逆境都坚贞不渝，经得起大浪淘沙的考验。

——2022年3月1日，习近平在中央党校（国家行政学院）中青年干部培训班开班式上的讲话

中共昆山独立支部纪念碑

红色历史

1925年1月，党的第四次全国代表大会在上海召开。为应对日益高涨的革命形势，这次大会首次明确提出无产阶级在民主革命中的领导权问题。但是由于第一次国共合作形成后，大多数共产党员加入国民党，积极帮助发展国民党组织，却忽视了自身建设，党的组织发展速度减缓。为保证领导权的取得与实现，党的四大决定从各个方面加强党的组织建设：在全国范围内建立和发展党的组织；第一次将支部规定为党的基本组织；简化入党程序，积极吸收工人、农民和知识分子中的先进分子入党。1925年党的四大以后，党自身的力量得到迅速发展。党的四大召开时，全国共有党员994人，到1927年党的五大召开时，发展到了57967人。党史上许多著名人物，如罗荣桓、徐向前等都是在这段时间入党的。随着党员数量的增加，党的基层组织也不断发展，一些原来没有党组织的地方，也相继建立了党组织。

红色年代

20世纪20年代中期，江浙沪三省市党的领导机关——中共江浙区委非常重视在苏州发展党的组织。1925年8月，著名的群众运动领导人侯绍裘受聘担任苏州乐益女中校务主任，江浙区委便将组建中共苏州独立支部的重任交给了侯绍裘。与侯绍裘一起到乐益女中的，有张闻天、王芝九等人。侯绍裘、张闻天与已在乐益女中任教的共产党员叶天底取得联系，9月初成立了苏州历史上第一个真正发挥革命领导作用的党支部——中共苏州独立支部，叶天底任书记，张闻天任宣传委员。1926年2月，江浙区委派遣共青团江浙区委候补委员李强回家乡常熟筹建党组织。2月11日，李强、周文在等人在曾氏书斋亦爱庐成立了常熟第一个党组织——中共常熟特别支部，李强任书记。当时，苏州共建有三个党支部，其中一个便是今天的红色故事要讲的中共昆山独立支部，而它的创建者，就是与侯绍裘一起来到乐益女中，并在乐益女中加入中国共产党的王芝九。

红色故事

在昆山市第一中学的校园东北角，有一座古典式的纪念亭，亭内竖立了一块2.2米高的纪念碑，碑上用楷书写着“中共昆山独立支部纪念碑”。亭柱上有一副对联：“烽火岁月求真求是鹿城播火种，杏坛春秋育英育才娄江开先河。”

这副对联把历史的车轮开回到了那烽火连天的年代。

1921年7月，中国共产党正式成立。

1923年6月，党的三大确定了国共合作的方针，决定采取党内合作的形式同国民党建立联合战线，即全体共产党员以个人名义加入国民党。会议还提出党在现阶段的中心任务是开展反帝反封建的国民革命运动。

1925年1月，中共四大制订了开展群众运动的计划，并决定在全国建立和加强党的组织，以适应革命发展的需要。

红色革命的火种引入了江苏昆山。

1926年8月，中共党员、国民党员王芝九受组织派遣，从上海景贤女中来到昆山。在昆山县立中学，王芝九担任训育主任兼国文教员。王芝九就用这样的身份作掩护，在昆山县中秘密建立中共昆山独立支部，并担任独立支部书记。这是昆山历史上最早建立的共产党组织，从此，县立中学成为昆山独立支部从事革命活动的据点，点燃了昆山人民革命斗争的星星之火。

王芝九在国文课上，除讲解国文知识外，还会和学生讲解中国目前的形势：对外，一些军事实力强的国家经常侵略我国；对内，还要遭受军阀和一些剥削阶级的欺凌。

说到动情之处，王芝九拳头握紧，满脸通红，仿佛自已带着同学们已经打倒了军阀。同学们在他的演说和鼓舞下，一个个大受感染，心中都坚定了一个信念：中国想要获得独立自由，必须推翻帝国主义和封建军阀的统治。

除了向同学们宣传革命真理外，王芝九在独立支部经常组织时事学习小组和宣传队，后来又秘密建立了核心小组。

为了更好地开展革命工作，王芝九还在校外找了一个隐蔽的地方，每个月开展一两次活动，大家聚在一起学习和分析当时的局势，探讨革命理想，还讨论北伐战争和上海工人运动。王芝九经常鼓励大家多参加活动，多发言，多汇报，特别是对一些年轻人，王芝九总是利用活动的时候，给他们灌输革命理想。王芝九说，只有大家思想上统一了，行动上才会统一，我们的中国才能统一。

后来，王芝九又在独立支部办起了“集合图书馆”，大家可以互相换阅革命书刊。青年们兴奋起来，积极响应，他们互相传阅革命书刊，在书刊中寻找伟大的革命理念。通过这些活动，青年们的思想觉悟提高了，核心小组的成员也渐渐多起来。王芝九看到这样的成绩，心里有了一丝安慰，也更坚定地相信中国的革命一定会成功。

王芝九暗中观察，从这些青年学生中秘密发展了几个学生加入共青团。王芝九知道，在青年知识分子中传播革命真理会更有效果，这些有志青年在他的鼓舞下，都走上了革命的道路。

1926年12月，中共苏州独立支部书记汪伯乐被军阀孙传芳逮捕，牺牲于南京。汪伯乐牺牲后，王芝九作为汪伯乐的入党介绍人，编写了《汪伯乐之死》，在昆山独立支部向学生们宣读，让大家永记他的革命事迹。同学们义愤填膺，纷纷表示坚定党的信念，和军阀不共戴天。

1927年1月1日，国民党昆山县党代表大会在周墅乡立第一初级小学秘密召开，正式成立国民党昆山县党部。王芝九、王达三等参加了代表大会，王芝九被选为县党部临委。

有了新的身份，王芝九还想干出一番大事业，可是没多久，他却因汪伯乐一案暴露了身份，军阀下令通缉他。王芝九只能被迫离开昆山去了上海，中共昆山独立支部的工作由周巨中负责。

中共昆山独立支部纪念亭

中共昆山独立支部旧址

虽然王芝九不在昆山了，但中共昆山独立支部的建立，标志着昆山地区的革命统一战线已经初步形成，国共合作迎接革命的高潮已经到来。

如今，再看那座纪念碑，依然挺拔庄严，亭柱上的对联告诉后人，中共昆山独立支部的成立，如一颗火种，播撒在娄江畔，唤醒了广大学生及工农群众的革命热情，拉开了中国共产党领导昆山人民革命斗争的序幕。

红色启迪

王芝九前辈在组建中共昆山独立支部的同时，还积极参与筹建国民党昆山县党部，在教育、工商等阶层中发展了一批国民党员，团结了更多的进步力量。

统一战线、武装斗争、党的建设，是中国共产党在中国革命中战胜敌人的三大法宝。统一战线，简单讲就是“把朋友搞得多多的，把敌人搞得少少的”。在大革命时期，国共两党第一次合作，建立革命统一战线，帮助国民党建立地方组织，是党的主要任务之一。

是不是就是多交朋友，合作共赢啊？北伐战争从南打到北，势如破竹，是不是证明了我的看法？

时至今日，团结一切可以团结的力量、调动一切可以调动的积极因素，画出最大同心圆，对于我们的现代化建设，对于我们的民族复兴，都是至关重要、必不可少的。

红色链接

一心向党的王芝九

王芝九1901年6月出生于苏州，1925年夏毕业于江苏省立第一师范学校，与侯绍裘、张闻天等一起到乐益女中任教，经侯绍裘介绍加入中国共产党。1926年1月，到上海景贤女中任教，8月被派往昆山县立中学，任学校训育主任兼国文教员，创建中共昆山独立支部。汪伯乐被军阀杀害后，他离开昆山去上海，为汪伯乐被害之事奔走，并请叶圣陶撰写《汪伯乐烈士传略》。四一二反革命政变后，到中共江苏省委机关工作。1931年去南洋群岛苏门答腊亚沙汉培善学校任校长。1933年回国主编《小学教师》半月刊。全面抗战爆发后，移居上海在多校任教。抗战胜利后任吴县教育局局长。任职期间，在苏州中学、东吴大学等校教授课程。苏州解放前夕，加入中国民主同盟。解放后，任苏州市立中学校长。1950年后到教育部工作，后在人民教育出版社任编辑，编写中小学历史教科书。1972年退休后，在苏州、北京两地居住。1978年8月因病去世。著有《菁庐诗稿》等作品。

红色感悟

连续多年蝉联全国百强县之首的昆山，所凭借的是以“艰苦创业、勇于创新、争先创优”为主要精神内涵的“昆山之路”。其实，中国共产党在昆山落地生根创建地方组织中共昆山独立支部之时，也是历经曲折与艰辛的。当时，在军阀反动统治相当严密、党员团员力量薄弱的昆山，启迪民众，发展党团成员，成立党的支部，组织统一战线，这一切都是开创性的工作。昆山支部的创办者及后来的共产党人不畏困难，艰苦创业，革命的烈火自此在昆山越燃越旺。历史告诉我们，不论是革命年代，还是改革开放时期，艰苦创业都是昆山成功的密码。正如习总书记一再强调的，艰苦奋斗精神永远不能丢，当下的我们必须不怕苦、不惧累、不畏难，用肩膀扛起属于自己的责任。

王淦昌：以身许国，隐姓埋名17年

学习金句

科技立则民族立，科技强则国家强。

——2021年5月28日，习近平在两院院士大会、中国科协第十次全国代表大会上的重要讲话

红色历史

新中国成立之初，面对复杂的国际形势，研制核武器，发展原子能工业，是国家独立、民族自强的重要保障。为了给国内的社会主义建设创造一个和平安定的环境，1955年1月15日，中共中央书记处召开扩大会议，提出了中国建立和发展原子能事业的战略决策。面对一穷二白的现状，中国的原子能事业如何艰难起步？在一无图纸二无资料的情况下，研制原子弹任务之艰巨可想而知。

1964年10月16日下午3时，新疆罗布泊上空，我国第一颗原子弹爆炸成功，中国也借此向世界庄严宣告：中国人民依靠自己的力量，掌握了原子弹技术，打破了超级大国的核垄断。罗布泊的那团蘑菇云背后，中国的原子弹元勋们又克服了哪些难以想象的困难呢？又与我们苏州有怎样不可分割的渊源呢？

“死亡之海”新疆罗布泊

红色年代

在北京西南郊，我国重要的核科学研究基地——中国原子能科学研究院里，静静地竖立着一位老人的铜像。他就是中国“两弹一星”元勋——王淦昌。王淦昌的名字始终和科学上的重大发现紧紧联系在一起：探测中微子、宇宙线研究、发现反西格玛负超子、两弹突破、大型X光机、惯性约束聚变……对于他一生的成就，曾有评论说：“任何人只要做出其中的任意一项，就足以在世界科技发展史上留下名字。”能取得如此伟大的成就，王淦昌背后到底有着怎样的故事呢？

红色故事

宁静的夜晚，当我们仰望天空时，你会看到什么？对，是浩渺宇宙、璀璨星空！其中有一颗编号为14558的小行星，名叫“王淦昌星”。它的闪耀是为了纪念一位在当代中国创造了伟大科学奇迹的人——“两弹一星功勋奖章”获得者、中国科学院院士王淦昌。

1907年5月28日，王淦昌出生在苏州常熟。父亲是当地有名的郎中。4岁时，父亲因病离世，13岁时，母亲因为过度劳累得了肺病，也离开了他。幼小的王淦昌一下子成了孤儿，一度靠放羊来维持生计、补贴生活。但王淦昌的外婆是一位有远见的老人，鼓励他去读书。外婆对他说：“中国不缺放羊娃，但是缺少有学问的人！”正是这位老人，使得王淦昌摆脱了放羊娃的命运。

1925年夏天，王淦昌考上了清华大学。在清华的学习生涯中，王淦昌愈发感到中国与西方的巨大差距。作为清华大学物理系第一届优秀毕业生，23岁的王淦昌前往德国柏林大学留学深造。1934年，获得柏林大学博士学位的王淦昌放弃了优越的研究条件，毅然决然地回到了灾难深重的祖国。

1956年，王淦昌受国家委派，到苏联领导一个实验小组开展高能实验物

王淦昌

理研究。整整三年，王淦昌小组终于从4万对底片中，发现了世界上第一例超子的反粒子：反西格玛负超子。这一发现震惊中外！正当人们把他看作诺奖的有力竞争者之时，来自北京的一封绝密电报又传到研究所，通知王淦昌放弃手中的工作，马上回国参加原子弹的研制工作。“这件事情要绝对保密，上不告父母，下不告妻儿，一旦投身其间，恐怕就要告别基本粒子研究工作，您的意见如何？”面对询问，王淦昌毫无迟疑，掷地有声地回答：“我愿以身许国！”这一许就是17年！

人民日报 号外

我国第一颗原子弹爆炸成功

我国第一颗原子弹爆炸成功的报道

在严重缺氧的高原上，年近花甲的王淦昌经常废寝忘食、夜以继日地工作。每项技术、每个数据、每次试验的准备工作，他都一丝不苟、严格把关，保证了一次又一次试验的成功。1964年10月16日下午3时，我国第一颗原子弹在戈壁深处成功起爆。世界上几乎所有的地震监测仪都测到了震波，断定震源在中国西北部的罗布泊。在试验现场，王淦昌和许多年轻人一样，双眼饱含热泪，欢呼雀跃……三年后，我国第一颗氢弹爆炸成功。之后，王淦昌在技术上全面领导了我国的三次地下核试验。而此时，他的身体机能在常年遭受核辐射后也已经大大衰退。

1978年秋，王淦昌终于告别17年隐姓埋名的生活。回到家时，他已是年过七旬的老人了。

红色启迪

看完这个故事，我流泪了。王淦昌先生为了研制祖国的原子弹，隐姓埋名，足足17年没有与家人联系，这是怎样一段寂寞与孤独的历程呀！

是的，“献身、创新、求实、协作”是科学道德的主要内容，王淦昌老先生一生在这些方面为我们做出了极佳的表率，值得后人学习。

我要好好学习科学知识，长大以后像王爷爷一样，也成为一名科学家，为祖国的国防安全添砖加瓦。

好样的！王淦昌老先生将科学的“星”印在了祖国的大地，祖国也将他的卓越贡献写入历史，他将永远为人民所铭记！在他的人生天平，国家高于一切。

红色链接

王淦昌中学

2001年10月，王淦昌故乡的人民为了纪念他，经江苏省教育厅特批，将江苏省常熟市支塘中学改名为“王淦昌中学”，以此鼓励每一位学子以王淦昌为榜样，自强不息，砥砺创新，为国奋进！

王淦昌中学

红色感悟

“热爱祖国、无私奉献，自力更生、艰苦奋斗，大力协同、勇于登攀”是“两弹一星”精神的内核。近代以来，我国涌现了一大批为国奉献的仁人志士。他们奋斗在祖国最需要他们的地方，不求回报。“两弹一星”元勋王淦昌就是这样的伟人，他的一生从没有停下报效祖国的脚步，祖国如今的繁荣昌盛是无数位像王淦昌一样的先辈换来的。是他们，让“两弹一星”精神熠熠生辉，照耀史册！

“两弹元勋”程开甲：一朵永不凋谢的马兰花

学习金句

建设世界科技强国，唯有创新才能抢占先机。

——2019年2月20日，习近平会见探月工程嫦娥四号任务参研参试人员代表时的讲话

红色历史

20世纪五六十年代是极不寻常的时期，百废待兴的新中国面临着严峻的国际形势，为保卫国家安全、维护世界和平，党中央毅然作出发展导弹、核弹、人造地球卫星，突破国防尖端技术的战略决策。大批优秀科技工作者，包括许多在国外已经取得杰出成就的科学家，怀着对新中国的满腔热爱，义无反顾地投身到这一神圣而伟大的事业中来。他们在当时国家经济、技术基础薄弱和工作条件十分艰苦的情况下，自力更生，发奋图强，用较少的投入和较短的时间，突破了导弹、核弹和人造卫星等尖端技术，取得了举世瞩目的辉煌成就。1960年，我国成功发射了第一枚导弹。1964年，我国研制的第一颗原子弹爆炸成功，1967年又空爆试验成功第一颗氢弹。1970年，我国用长征一号运载火箭，成功发射第一颗人造卫星“东方红一号”。“两弹一星”是新中国伟大成就的象征，提升了中国在国际舞台上的地位。

红色年代

中华人民共和国成立之初，百废待兴。新中国急需大批科学技术人才，建立新的科学技术体系。中国政府全力动员国外留学生和科学家回国，致函呼吁“亟盼火速回国参加工作”，参加祖国建设。于是，一大批在海外学习和工作的留学生和科学家响应祖国的号召，放弃国外的优厚待遇，冲破一切阻力，毅然奔向祖国的怀抱。在美工作的华罗庚写了一封《致中国全体留美学生的公开信》，信中写道：“梁园虽好，非久居之乡，归去来兮！”这在留学生中引起很大震动；朱光亚用《打倒列强》的曲调自编了《赶快回国歌》：“不要迟疑，不要犹豫，回国去，回国去！祖国建设需要你，组织起来回国去，快回去，快回去！”在这段历史的背后，是一长串闪光的名字：空气动力学家、系统科学家钱学森，力学家、应用数学家郭永怀，核物理学家邓稼先，爆炸力学家郑哲敏，电子学与信息学家罗沛霖，物理学家赵忠尧……据统计，从新中国成立到1956年底，陆续回国的留学生和科学家有2000多人。在百业待举的情况下，这一特殊的群体成为共和国科技事业的主要奠基人，为新中国的建设和发展作出了不可磨灭的贡献。我们今天红色故事的主角，就是留英归国的物理学家程开甲。

红色故事

程开甲小学校园内的马兰园

1918年8月3日，苏州吴江盛泽镇的古弄堂里传出的一声啼哭让程家上下欣喜不已。他们不知道，这个呱呱坠地的男婴，在未来的岁月里，将会翻开新中国历史的一页。他，就是中国著名科学家、“两弹元勋”程开甲。

“开甲”，意思是“登科及第”。祖父给程家长孙起的名字里包含了他对子孙后代的殷切期盼。程开甲没有辜负祖父的期望，立志科学报国。1946年，经英国著名学者李约瑟博士推荐，程开甲获得英国文化委员会奖学金，来到爱丁堡大学，成为被称为“物理学家中的物理学家”的玻恩教授的学生。1950年，程开甲婉拒玻恩的挽留，放弃了英国皇家化工研究所研究员的优厚待遇和研究条件，毅然回到了当时一穷二白的新中国，开启了他报效祖国的人生之旅。

几十年后，有人问他对当初的决定怎样想，程开甲回答说：“对于这个问题，刚离开英国时，我想得并不多。但回国后，尤其到了晚年，在总结自己人生的时候，我很感慨：我如果不回国，可能会在学术上有更大的成就，但最多是一个二等公民身份的科学家，绝不会有这样幸福。而我现在所做的一切，都和祖国紧紧地联系在一起。”

他是这样说的，也是这样做的。从1963年到1985年，他被雪藏在罗布泊深处的核试验基地——马兰，为开创中国核武器研究和核试验事业，倾注了全部心血和才智。他负责设计了中国第一个具有创造性和准确性的核试验方案，确保了首次核试验任务的圆满完成。

马兰位于新疆罗布泊，这里曾是中国最高级别的军事禁区，外人无法进入，是一个在地图上都不会被标注的地方。程开甲在基地的住处是一间小小的平房，门口有一条干涸的沟，河滩上栽着几棵白杨树。每当深夜，程开甲在工作中遇到难以攻克的问题时，就会走出平房，抬头仰望星空，看看这几棵直指天际的白杨，它们是那么朴素，不追逐雨水，不贪恋阳光，只要一点水分，就会生根、抽芽，撑起一片绿色。凭借着这白杨一样坚定的信念，他在那里一干就是20多年。

20多年的“罗布泊时间”里，程开甲感悟人生，留下了深刻总结：“常有人问我对自身价值和追求的看法，我说，我的目标是一切为了祖国的需要，人生的价值在于奉献是我的信念。”“回国后，我一次又一次地改变我的工

简晓峰校长和小程开甲雕塑

程开甲雕像

作，一再从零开始创业，但我一直很愉快，因为这是祖国的需要。”

离开罗布泊，离开戈壁滩，程开甲仍保持着那个年代朴素的生活方式，过着简单、俭朴的生活。走进他的家，你无论如何也不会把这里的主人与现代物理学大师玻恩的弟子、海森堡的论战对手和中国“两弹一星”元勋联系起来。但祖国不会忘记，人民不会忘记，正是有了像程开甲这样具有“两弹一星”精神的人，落后百年、挨打受气的中华民族才能重新屹立于世界民族之林。

红色启迪

程开甲爷爷让我明白了“科学家”三个字的厚重内涵，那是几十年如一日的艰辛探索，是“不破楼兰终不还”的无畏与坚韧。

没错，像程爷爷这样的科学家，安于清贫，为了祖国的核事业鞠躬尽瘁，太值得钦佩了！

是的，程爷爷放弃了国外的优厚条件回到祖国，这份爱国之心同样让人敬佩，“科学没有国界，但科学家是有祖国的”，我终于明白了这句话的深刻内涵。

红色链接

马兰园与程开甲展厅

程开甲小学的校门口有个马兰园，里面种着几棵马兰花。这些花，是从新疆马兰基地移栽过来的，那是程开甲默默奋战了20多年的地方。马兰园对面有座程开甲的雕塑，阳光下，雕塑微微闪着光芒，跟紫色的马兰花交相辉映。走进马兰园后面的程开甲展厅，一份份讲义，一本本图书，程开甲充满传奇的一生便在我们面前缓缓展开。

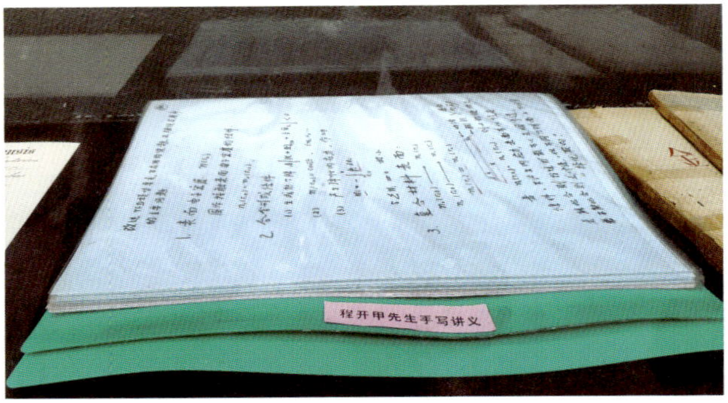

程开甲小学校园内程开甲展厅资料

红色感悟

“干惊天动地事，做隐姓埋名人。”这就是程开甲一生的真实写照，恰如大漠上的马兰花，在最艰苦的环境里默默奉献。相信程开甲的爱国精神、科学品格定会在我们心中留下印记，就像一朵马兰花，永远盛开在我们心中。习近平总书记曾指出：“科学成就离不开精神支撑。科学家精神是科技工作者在长期科学实践中积累的宝贵精神财富。”科学家精神作为中国共产党人精神谱系中的一项，需要子孙后代继承并发扬光大。我们一定要传承好老一辈科学家赤胆忠诚、勇攀高峰、淡泊守真的精神火种，不忘初心，奋勇前行，为强军兴军伟大事业作出自己的贡献。

顾诵芬：择一事干一生，一心为国铸“战鹰”

学习金句

关键核心技术是国之重器，对推动我国经济高质量发展、保障国家安全都具有十分重要的意义，必须切实提高我国关键核心技术创新能力，把科技发展主动权牢牢掌握在自己手里，为我国发展提供有力科技保障。

——2018年7月13日，习近平在中央财经委员会第二次会议上的讲话

顾诵芬院士在歼-8系列飞机前的留影

红色历史

中华人民共和国成立不久，朝鲜战争爆发。迫切的军事需求和国家建设的需要，促使新中国的航空工业在抗美援朝的烽火中诞生。航空工业坚持自力更生的方针，积极引进先进技术，有计划、有步骤地试制、生产飞机。1954年，新中国制造的第一架飞机初教-5飞上蓝天。随后数年，我国快速跟踪仿制出歼-5、歼-6、歼-7，跨入喷气和超声速战斗机的时代。1969年，第二代战斗机歼-8首飞成功，结束了我国不能自主研制高空高速歼击机的历史。1998年，自主研制的第三代战斗机歼-10首飞成功，成为中国航空工业技术迈向新阶段的重要里程碑。2011年，自主研制的第四代隐身战斗机歼-20首飞成功，航空工业实现历史性跨越。

红色年代

2021年11月3日，2020年度国家科学技术奖励大会在北京举行，91岁的顾诵芬获得国家最高科学技术奖。顾诵芬是享有盛誉的新中国飞机设计大师、飞机空气动力设计奠基人，是中国航空界唯一的两院院士，是航空工业唯一的航空报国终身成就奖获得者。他奠定了中国亚声速飞机和超声速飞机气动力设计的基石，推动了中国气动力研究、设计基础手段建设发展。由于国防与航空工业的特殊性，很长一段时间他的名字并不为人知晓。如今，国家最高科学技术奖授予这位九旬老人，既是对他70年矢志报国的褒奖，也是号召更多人学习他身上所展现的科学家精神。

顾诵芬院士手持歼-8II型战机模型

红色故事

“轰隆隆——轰炸机从我家上空飞过，爆炸所产生的火光和浓烟仿佛近在咫尺，玻璃窗被冲击波震得粉碎……”时隔80年，顾诵芬对日军轰炸的那一幕仍记忆深刻。那一年，顾诵芬7岁。从那时起，“造中国人自己的飞机”这个念头深深扎根在顾诵芬心中。

1939年随父母来到上海后，顾诵芬便开始自己看着书做航模。“我从小学开始玩航模就想搞飞机……高中毕业，我同时考了浙江大学、清华大学和上海交通大学三所大学，报的都是航空工程系，虽然都被录取，但最后选择的是上海交大。”1951年，顾诵芬从上海交大毕业，听从祖国的召唤，离开温暖的江南水乡苏州，来到冰天雪地的东北沈阳，开启了为之奋斗一生的飞机设计生涯。

1956年，新中国在沈阳建立了首个飞机设计室，当时接到的第一个任务，是设计一架亚声速喷气式教练机——歼教-1，顾诵芬被任命为气动组组长。苏联专家到中国，只是教如何制造飞机，并不教如何设计飞机。“仿制而不自行设计，就等于命根子在人家手里，自己没有任何主动权。”先进技术买是买不来的，要也要不来，必须靠自己创新。

在歼教-1前的合影（右二为顾诵芬）

当时的办公条件非常简陋，设计的过程充满无数难题，曾经为解决机身两侧进气的难题，顾诵芬从沈阳跑去北京找资料。“当时北航还在建校时期，图书馆白天学生都在用，我只能晚上骑借来的自行车去。”他借了一辆自行车，每天骑车到北航查找、抄录有用的资料，买硫酸纸把图描下来……在没有路灯的土路上，足足跑了一个星期。当时国内没有专业仪器，顾诵芬就自己弄，去医院里找废弃的针头，切下来焊在铜管上，做成一排排的测样管。在这样极端简陋的条件下，他带领着团队，只用了短短不到两年时间，就让歼教-1飞上了蓝天。随着歼教-1腾空而起，顾诵芬又成功地完成了初教-1（后改为初教-6）飞机的气动力设计任务。他为几乎是一张白纸的新中国飞机设计事业创建了属于中国人的气动力设计方法，也在应用空气动力学的研究和实践方面登上了一个新的高峰。

20世纪60年代，新中国迫切需要一种“爬得快、留空时间长、看得远”的高空高速歼击机。顾诵芬临危受命，作为副总设计师参与设计歼-8战机。首飞成功后的歼-8战机，在很长一段时间内，还存在着一处安全隐患：在跨声速的过程中，有几次飞机出现抖振。试飞员说，飞行的时候，飞机就像一辆破的公共汽车在很不好的路面上颠簸。当时国内的风洞尺寸太小，缺乏实验设备，怎样在有限的条件下寻找出抖振原因呢？

想找出原因，必须在实践中检验。顾诵芬抱着“不入虎穴，焉得虎子”的决心，决定跟着战斗机上天，让歼-8飞在前面，他在后面，看垂直尾翼到底是怎样振动的。主意是好，但怎么进行近距离观察？1977年，已担任601所总设计师兼副所长的顾诵芬做出了更加大胆的决定：乘歼教-6飞机上天，直接跟在试验飞机后面观察流动情况！其中的风险不言而喻：两架飞机必须保持近距离等速飞行，间距在10米左右甚至更近，稍有不慎，后果不堪设想。

“将生命置之度外，只为将问题研究清楚。”从未接受过飞行训练的他说服领导、瞒着家人，乘飞机三上云霄，在万米高空带着望远镜、用照相机拍摄飞机的动态，还把毛线条的流动情况详细地记录下来。一次次观察、一遍遍尝试，顾诵芬和团队人员解决了气流严重分流的问题，并亲自做了对飞机后机身整流包皮的修形设计，彻底排除了飞机跨声速抖振的现象。

顾诵芬在操纵系统实验室

顾诵芬（后座）准备乘歼教-6观察飞行中的气流现象

试飞员鹿鸣东后来回忆：“为彻底解决这一问题，我于1977年，用歼教-6飞机带着顾诵芬同志，亲自到空中跟随歼-8，观察并拍摄歼-8机的飞行流线谱。当时顾诵芬已是快50岁的人了，他不畏艰险，亲自带着望远镜、照相机，观察、拍摄飞机的动态，这种无私无畏的精神，深深感动、教育了所有参加试飞和研制的人员。”

1985年11月，歼-8获国家级科技进步奖特等奖。获奖名单上，顾诵芬的名字排在第一位。2021年11月3日，顾诵芬作为2020年度国家最高科学技术奖获得者，在北京人民大会堂接过沉甸甸的奖章。与中国航空工业风雨同舟70载，他一心为国铸“战鹰”，用无声的坚持和汗水诠释着航空报国、航空强国的初心和使命！

红色启迪

我想顾诵芬爷爷7岁那年目睹那场日寇飞机轰炸家园，一定为咱们中国没有自己的飞机而痛心疾首。

是啊，“落后就要挨打”，这句话不是说说而已，而是血泪的教训，只有我们自己强大了，才不会受到外国列强的欺侮。

环境再艰苦，技术上再一穷二白，这些都没有击倒顾爷爷，他一心为国铸造“战鹰”，他自己更是所向披靡的“战鹰”！以后再抬头仰望天穹的飞机，我一定能联想到这位苏州的“战鹰”。

红色链接

飞机模型与图书珍藏室

陈列在苏州第一中学校史馆的歼-8飞机模型

在江苏省苏州第一中学校史馆里，摆放着一大一小两架歼-8飞机模型。这飞机的设计者就是新中国飞机设计大师、飞机空气动力设计奠基人、航空战略科学家顾诵芬院士。在该校图书馆，还有一处顾廷龙赠书珍藏室。顾廷龙先生临终有将藏书捐赠母校的遗愿，1999年、2007年，顾诵芬院士遵父遗愿两度向学校捐书达4000册。

红色感悟

顾诵芬爷爷曾语重心长地说："中国航空事业发展需要年轻人才，他们是祖国的明天。我只想对年轻人说，心中要有国家，永远把国家放在第一位，要牢牢记住历史，珍惜今天的生活。多读书，多思考，努力学习，认真做好每一件事。"我们青少年作为新时代的接班人，一定要牢记顾爷爷的嘱托，认真学习，提升本领，以史为鉴，心系祖国，做一名合格的接班人！

身边的红色宝贝

水壶与阿海

学习金句

人无精神则不立，国无精神则不强。精神是一个民族赖以长久生存的灵魂，唯有精神上达到一定的高度，这个民族才能在历史的洪流中屹立不倒、奋勇向前。

——2016年10月21日，习近平在纪念红军长征胜利80周年大会上的讲话

新四军使用的武器

红色历史

苏州是一方具有光荣革命传统的热土。新民主主义革命时期，苏州人民在党的领导下展开了前赴后继、英勇顽强的斗争。抗日战争时期，沦陷后的苏州成为日伪在江苏的统治中心。但是日伪的残暴统治没有令苏州人民屈服。在广大农村地区，人民群众纷纷以各种方式抵抗入侵者。有的软磨硬泡，拖欠税赋，直至捣毁租栈，公开对抗；有的声东击西，偷袭佯攻，使敌人不得安宁；有的拿起刀枪，抗暴自卫，惩罚凶残的敌人。在白色恐怖严重的城区，广大民众有的横眉冷对，宁折不屈，保持崇高的民族气节；有的投笔从戎，共纾国难，投身于滚滚抗日洪流之中；有的地下工作者依靠人民群众的支持和掩护，发挥潜藏埋伏的避风港、情报物资的中转站作用，为抗战胜利作出特殊的贡献。正如习近平总书记所说：“中国人民抗日战争胜利是全民族众志成城奋勇抗战的伟大胜利。”

红色年代

卢沟桥事变前后，江苏省党组织非常重视在苏州开展工作，派出一批共产党员先后来到苏州，在苏州寻找失去联络的同志，开展抗日救亡运动，培养抗日积极分子，发展新的党员，为开展敌后抗日游击做准备工作。苏州沦陷后，江苏省委下设的外县工作委员会又派出一批党员到苏州等地“站稳脚跟，开展工作”，领导苏州等地党组织的恢复重建和开展敌后抗日工作。当时开展地下工作的同志分别以各种职业为掩护进行隐蔽斗争，侦察敌情、搜集情报、掌握动态、机智斗争。本篇故事中的阿海就是冒着生命危险从事秘密工作的一名地下工作者。

红色故事

小外孙看见了外公柜子里的破水壶，水壶上裹着的绿色帆布泛白了，壶面更是凹凸不平，油漆一块块脱落，整个看上去像一个烤熟的大地瓜。

“外公，这么旧的水壶可以扔掉啦！”小外孙边说边伸手去拿。外公见了，可着急了，连忙冲过来把柜子锁好。

小外孙笑坏了，这样的水壶还当个宝！

外公一脸严肃地说道：“小家伙，可不能小看这行军水壶，它是你外曾祖父留下来的，这里面有一个感人的故事，还有一段历史的见证……”

小外孙眨巴着眼睛，听外公诉说那段往事。

1932年，那是一个动乱的年代，外曾祖父在苏州开了一个小店铺，经营一些日常用品。小店铺生意还挺好，外曾祖父就找了一个伙计来帮忙。

这个伙计叫“阿海”，二十多岁，皮肤黑黑的，穿一身朴素的粗布衣裳，背个绿色水壶，人很壮实，平时不爱说话，但干起活来很卖力，小店里的脏活累活总是抢着做，很受外曾祖父的喜爱。外曾祖父就让他住在大屋后面的小屋里。

慢慢地，外曾祖父把阿海当成了自己人，家中每逢做点好吃的，总会给阿海留一点；外曾祖母给家里人做鞋时也会给阿海做一双。

阿海也是个懂得感恩的人，以后的日子更是为东家尽心尽力地劳作着。他早上很早起来锁好门就去店里帮忙，晚上把店里的事情全部安排妥当才回来。外曾祖母经常在门口等他，有时想给他送点好吃的都进不去，因为阿海的小屋门上锁了两把锁。外曾祖母笑他："这个阿海，神神秘秘的，家里除了那只水壶，难不成还藏了个媳妇？"

1937年11月，日军占领了苏州。阿海白天依旧在店里料理生意，可店铺打烊后总是急匆匆外出，小屋里总不见灯光，有时即便在家，也是闭门不出。阿海这样神秘，大家也有点觉察到他在做一些大事情。外曾祖父虽然很担心阿海，但他从不过问阿海的去向，他坚信阿海一定是在做有利于人民的事。他让外曾祖母做好了饭菜放在阿海的小屋外，尽量不要去打扰他。

1938年1月的一个下午，天空阴沉沉的，外曾祖父正要出门，他远远看见，一队日军官兵正从马路对面走来。外曾祖父心里咯噔了一下，他马上想到了阿海，连忙跑进家里锁上大门，对着阿海的小屋大喊："日本兵来了，快从后门走，快……"

没多久，日本兵就砸开大门，冲进家里一阵乱翻。大屋里没翻到什么，他们又去阿海的小屋找。阿海的小屋里已经人去楼空，连同那个绿色的水

阿海的水壶

壶。日本兵气得吹胡子瞪眼，他们把外曾祖父抓了起来。

原来，阿海是一位战区情报联络员，在外曾祖父家潜伏了近6年，一直在为中共组织传递情报。外曾祖父很欣慰，自己没有看错人，阿海确实是在为国家作贡献。

日本兵找不到阿海，就对外曾祖父严刑拷打。但外曾祖父咬紧牙关，一个字都不肯透露。

最后，日本兵没能从外曾祖父嘴里套出关于阿海的任何消息，只能将外曾祖父释放。

1949年4月，苏州解放了，人们欢天喜地。在欢庆的人群中，外曾祖父看见一个人，他穿着军装，腰里挎着手枪，肩上背着那个他熟悉的绿色军用水壶，骑着大马，神气得不得了。

“是……是阿海……阿海回来了……”外曾祖父认出来了，激动得语无伦次。

阿海也认出了外曾祖父，他连忙下马奔过来，紧紧握着外曾祖父的手：“东家，我的恩人，终于又见到你了，当初要不是你暗中帮助，我不可能这么顺利地完成任务，也不可能成功逃脱……”

这一次相见，是这么多年来阿海说话最多的一次。

阿海拉着外曾祖父的手，把自己心爱的水壶送给他留作纪念。

“这个水壶跟了我很多年，算是我的朋友了。执行任务时，整天走路，没有东西吃，我就靠着水壶里的水坚持下来；收到情报需要写文件时，水壶又能当垫纸板用。有一次去送情报被敌人发现，他们朝我开枪，我跳进山沟里，幸好水壶的带子勾住了树枝，要不然凶多吉少……”

外曾祖父没想到，这样一个普通的水壶，竟然有着这么非凡的意义。他捧着水壶，就如捧着一份责任、一份期待。阿海说完，跨上大马，又奔赴上海，参加解放上海的战役了。

外曾祖父守着水壶，盼着等着，希望能再见阿海一面。可是，直到他93岁去世，也未再见到阿海。

小外孙听得流泪了，问外公：“那阿海爷爷去哪里了呢？”

“阿海爷爷在为中国千千万万的老百姓做好事！”外公告诉他。

小外孙懂了：“阿海爷爷真了不起，他的水壶我们一定要好好保管，它是我们家的宝贝！”

外公眼含热泪，脸上却挂着欣慰的笑容。

红色启迪

在日伪统治的沦陷区从事革命工作，就像是在刀尖上行走，实在是太危险了。

从事地下工作，身处险恶的环境之中，无论具体的任务是什么，稍有不慎，不仅有性命的危险，还有可能给革命事业带来不利的影响。所以地下工作要善于隐蔽，找准时机才能完成担负的任务。

作为一名地下工作者，在敌人环伺的地方工作，我感觉需要强大的心理素质，也必须心细如尘、遇事不慌，否则，就容易暴露身份。

在战争年代，情报工作的重要性不言而喻。抗战能够胜利，革命能够成功，地下工作者所作的贡献不容小觑，然而地下工作者大多是默默无闻的。
水壶凝结了感人的故事。这壶也许现在是空着的，但听了这样的故事，应该没有人认为壶是空的了，壶中的水能滋润万千读者的心灵。

红色链接

苏州沦陷

1937年7月7日，日军在北京郊外悍然制造卢沟桥事变。8月13日，日军大举进犯上海，抗日战争中规模最大的淞沪会战爆发。11月12日，上海沦陷。日军在侵占上海的同时，实施了占领嘉兴、苏州、常熟一线的侵略行动，分南、北、中三路向苏州地区大举进犯，并企图切断中国军队的退路。南、北两路日军以钳形攻势直插吴江、常熟，进逼苏州。中路日军则由第九师团沿京沪铁路线大举西侵。苏州境内，大批正在撤退的国民党军队处于日军三路夹击之中。面对日军的疯狂追击，仓促撤退中的部分中国军队组织进行了局部抵抗，但由于大势已去，无法有效阻挡敌人的进攻。19日上午6时，由昆山方向而来的日军富士井部由平门进入苏州城；下午2时，由吴江方向而来的日军海劳原部由娄门入城。苏州城内外数万中国军队未能抵挡住日军进攻，纷纷向无锡方向后退。古城苏州由此陷入敌手，不幸沦陷。日军进城后，大肆扫荡，为所欲为，开始了惨绝人寰的烧杀淫掠暴行。

红色感悟

故事中，情报联络员阿海对外曾祖父说：“当初要不是你暗中帮助，我不可能这么顺利地完成任务，也不可能成功逃脱。”天下兴亡，匹夫有责。自从日本侵略者踏上苏州大地的那一天起，无论是在艰苦异常的农村游击区，还是在险象环生的日伪占领区，许许多多像外曾祖父一样有着爱国情怀和民族自尊心的苏州民众，为抗日将士奉献粮食衣物，救护伤病员，掩护地下工作者，传送情报信息，义无反顾地投身于或明或暗的抗击日本侵略者的洪流之中，为抗战的最终胜利作出了力所能及的贡献。他们的无私付出，历史将永远铭记！

太爷爷的坦克帽

学习金句

人民军队砥砺奋进的90年，凝结着坚定理想信念、优良革命传统、顽强战斗作风，是我们宝贵的精神财富。

——2017年7月21日，习近平在参观“铭记光辉历史　开创强军伟业——庆祝中国人民解放军建军90周年主题展览”时的讲话

抗战老兵、抗美援朝老兵与少先队员在苏州市老干部活动中心举行“迎国庆　升国旗”仪式

红色历史

1948年上半年，人民解放军在各个战场上向国民党军继续展开进攻，歼灭大量敌人，打破了敌人的分区防御。同年秋，敌我力量对比已发生根本变化，人民解放战争进入夺取全国胜利的战略决战阶段。此时，人民解放军由战争初期的127万人发展到280万人，其中野战军149万人。解放区的面积扩展到235万平方千米，人口达1.68亿，解放军的后方更加稳固。与此相反，国民党军队的总兵力减少到365万人，可用于第一线的兵力仅174万人，且士气低落，战斗力下降。党中央科学地分析战争形势，正确把握战略决战的时机，选定决战方向，并针对不同战场的特点制定作战方针，连续组织了辽沈、淮海、平津三大战役。1948年11月6日，以邓小平为书记的总前委统一指挥中原野战军和华东野战军及部分地方武装约60万人，以徐州为中心，发动规模巨大的淮海战役。1949年1月10日，淮海战役胜利结束。这次战役历时66天，歼敌55.5万人，为人民解放军渡江作战，解放国民党反动统治的南京、苏州、上海创造了极为有利的条件。

红色年代

淮海战役是解放战争时期一场规模空前的战略决战，60万中国人民解放军在参战兵力、武器装备均处于劣势的情况下，打败了装备精良的80万国民党军，创造了人类战争史上的一个奇迹，而创造这个奇迹的，不仅是英勇的人民解放军，更是伟大的人民群众。淮海战役是大兵团作战，需要大量兵员。解放区人民积极响应党提出的“到前线去”的号召，踊跃报名参军，有的地区还掀起了父送子、妻送郎、兄弟争相上战场的参军热潮。淮海战役作战区域基本在农村，所需人力物资空前。没有强大的后勤支援保障，难以取得最后的胜利。为了支援前线，解放区人民在党的领导下掀起了积极生产、同心支前的高潮，形成了前方青壮乓出征支前，后方群众在家生产，踊跃缴粮献粮，赶做军鞋被服的奇观。淮海战役的胜利再一次证明：人民站在哪一边，胜利就在哪一边！下面这个故事里的太爷爷、太奶奶就是淮海战役时踊跃参军和积极支前的千千万万人民群众中的一员！

红色故事

周日，遇到了好天气，阳光和煦，微风轻拂，吴中区木渎古镇上，柔柔小姑娘按捺不住高兴之情，突发奇想，要去小区广场滑轮滑。

柔柔回到家中拿装备，却没有找到头盔，突然想起太奶奶卧室里有一只不知什么时候被淘汰的旧头盔，心中不由得暗喜。她倒腾了半天好不容易找到，往头上一套刚准备出发，就被从厨房出来的太奶奶发现了。

“哦哟，我的宝贝，你拿这宝贝出去干什么呀？”

“我要滑轮滑去。”

“使不得，这是你太爷爷留下的宝贝，不可以当头盔用。”

“太奶奶，这不也是头盔吗？我一时找不到自己的那只，就拿它保护我一下，它那么厚，那么结实，不是很好吗？”

“傻孩子，普通的头盔能和这比吗？这是一顶军用坦克帽，是保护过你太爷爷生命的。”

“啊?! ”柔柔听得一头雾水，简直惊呆了，好奇心便涌上来，“太奶奶，只听说过太爷爷是个打仗的英雄，还不知道这坦克帽也发挥过大作用哩。”

“这坦克帽啊，是你太爷爷的护身符，有了它的护卫，才有我们现在这个幸福的家呀！”

“那您给我讲讲这坦克帽的故事吧，我不去滑轮滑了。”柔柔放下了轮滑装备，摘下坦克帽，把太奶奶轻轻地扶到沙发上坐下。

徐徐清风送入窗户，太奶奶抚摸着坦克帽，柔柔看到这真是一只有别于其他头盔的帽子，黑不溜秋的圆顶上，三道厚厚的牛皮防护层磨损得痕迹斑斑。

睹物思人，太奶奶缓缓开始讲述，一个关于坦克帽的红色故事像一幕电影一样播放起来。穿越时空，柔柔的眼前出现了一个个精彩镜头，那是这个革命家庭里引以为豪的一段历史。

1930年，柔柔的太爷爷出生在山东即墨的一个小村庄，并和邻村的太奶奶定下了娃娃亲。

1948年，淮海战役爆发，山东成为战场。那时候国民党要抓壮丁，太爷爷青春年少，可是不愿意加入国民党军队，他在地瓜地里趴了两天，饿了就啃地瓜，终于躲过了一场劫难。

后来，解放军来了，他们路过村里时，不动村民家中的粮食，不拿老百姓一针一线，和国民党军队形成了鲜明对比，因此很得民心。太爷爷和村上的年轻人见到这样好的队伍就踊跃去参军。当时十七八岁的男青年几乎都自

太爷爷的坦克帽

觉自愿报名去了，一个村250户人家有95个当兵的，最多的一家竟然有5个当上了解放军。

太爷爷投身解放战争，在前线战场上，他冲锋陷阵，勇敢杀敌，立下不少战功。在解放战争的时代浪潮中，他只是微不足道的一分子，但正是因为一个又一个解放军战士勠力同心，解放军才能以摧枯拉朽之势打败敌人，赢得胜利。

当时，太爷爷和太奶奶虽然有娃娃亲，却都没有顾及自己的终身大事，而是不约而同地投身革命，太爷爷在前线作战，太奶奶在后方劳动支援。太奶奶加入了修路队，年轻的时候总有使不完的劲儿，她用独轮车推一车500斤的沙石也不在话下。为了祖国的解放事业，太奶奶真是巾帼不让须眉，出色地在后方发挥着自己的作用。

解放战争胜利后，太爷爷又参加了抗美援朝战争，直到1954年才回到家乡与太奶奶完婚，建立了幸福的家庭。

20世纪60年代，太爷爷转入原南京军区某装甲师某坦克团，并服从分配，驻守在苏州藏书一带建设营地。这一待，就是40多年。在此期间，太爷爷担任过坦克连连长。他穿上军装，戴上坦克帽时，真是雄姿英发。

柔柔不明白，这坦克帽上做这么几条粗厚的皮管道干什么，太奶奶说："你看，这坦克帽的顶部、后部和额部有很厚的海绵防护垫，还设置了喉头送话器等。戴坦克帽就是为了防护头部，排除机器轰鸣声和枪炮声，又与外界保持通信联络的。"

想不到，一只帽子在太爷爷的军旅生涯中发挥了那么大的作用！

这顶坦克帽记录着太爷爷年轻时"意气戎装曾报国"的点滴故事，怪不得太奶奶要好好珍藏这个传家宝呢。

听到这里，柔柔抚摸着这只结实、厚重的黑色坦克帽，不由得暗下决心："太爷爷他们那时很艰苦，作为少先队员的我更要积极学习。"

红色启迪

对于这场民众投入热情高、参与力度大的支前运动，陈毅元帅曾给予高度评价：“淮海战役的胜利，是人民群众用小车推出来的！”

习近平总书记指出：“人民是历史的创造者，群众是真正的英雄。”解放区人民生产支前的雄伟画卷充分证明，战争双方展开的绝非单纯的军事较量，而是民心民意的较量。只要有人民支持和参与，就没有战胜不了的困难。

军队打胜仗，人民是靠山。

人民群众之中蕴藏无穷力量。随着新时代的到来，我们会面对很多机遇和挑战。越是面对机遇和挑战，越要坚持人民至上，一切为了人民，深深扎根人民，紧紧依靠人民。

红色链接

坦克部队

坦克是一种依靠履带移动的装甲战斗车辆，它集火力、保护性和机动性于一身，是地面作战的主要突击兵器，被称为“陆战之王”。第一次世界大战期间，英国研制了世界上第一批钢铁战车，为了保密，英国军方在运送它们的木箱上写上了“TANK”（水柜）的字样，读作“坦克”，于是人们就把这种新式战车称为“坦克”。1945年11月，东北民主自治军在沈阳市原日军坦克装配修理厂搜集到1辆日制坦克。于是，12月1日，人民解放军第一支坦克部队——东北坦克大队在沈阳成立。当时全部家底只有30人，1辆坦克。此后依靠在战斗中缴获的坦克，相继组建了华东、华北和中原野战军坦克部队。坦克部队作为人民解放军的一支生力军，为解放战争的胜利作出了巨大贡献。1950年9月1日，摩托装甲兵司令部在北京成立。从此，装甲兵作为一个独立的兵种出现在人民解放军序列中。

红色感悟

战争年代，他们舍生忘死；和平年代，他们守护家园。他们就是中国的军人，人民的子弟兵。故事中的太爷爷就是一位参加了解放战争、抗美援朝战争，后又驻守苏州的军人。他们本和我们一样普通，只因穿上军装，戴上军帽，便撑起一片蓝天，把人民护在身后。军人是民族的脊梁，是共和国的基石，值得我们每个人尊敬。

苏州是温柔之乡，也是铁血之邦。

爷爷的军功章

学习金句

伟大的抗美援朝战争，抵御了帝国主义侵略扩张，捍卫了新中国安全，保卫了中国人民和平生活，稳定了朝鲜半岛局势，维护了亚洲和世界和平。

——2020年10月23日，习近平在纪念中国人民志愿军抗美援朝出国作战70周年大会上的讲话

抗美援朝纪念章

红色历史

1950年6月，朝鲜战争爆发，美国随即打着联合国旗号武装干涉朝鲜并派遣第七舰队入侵台湾海峡。侵朝美军不顾中国政府的多次警告，越过“三八线”，直逼中朝边境的鸭绿江和图们江，出动飞机轰炸中国东北边境的城市和乡村，新中国面临着外部侵略的严重威胁。在这个危急关头，根据朝鲜劳动党和政府的请求和中国人民的意愿，中共中央和中央人民政府决定抗美援朝、保家卫国。10月19日，以彭德怀为司令员兼政治委员的中国人民志愿军奉命开赴朝鲜战场，毅然承担起保卫和平的历史重任。到1951年6月，志愿军与朝鲜人民军紧密配合，历时8个月，连续进行5次大的战役，将以美国为首的“联合国军”和南朝鲜（韩国）军从鸭绿江边赶回到“三八线”附近，敌人被迫同意进行停战谈判。在此后持续两年的打打谈谈中，敌我双方投入战场的最高兵力均达300多万，兵力密度、炮火密度都是空前的。美国在战场上没有得到的东西，在谈判桌上也没有得到，不得不于1953年7月在停战协定上签字。抗美援朝战争的胜利，维护了亚洲和世界和平，使中国的国际威望空前提高，为我国新民主主义改革和建设赢得了一个相对稳定的和平环境。

红色年代

70多年前，中国人民志愿军雄赳赳、气昂昂，跨过鸭绿江，同朝鲜人民和军队一道，经过两年零九个月的浴血奋战，赢得了抗美援朝战争的伟大胜利。在强大的敌人面前，中国人民志愿军能够赢得战争的胜利，除了有前线志愿军指战员英勇顽强、不怕牺牲等诸多因素，保障前线粮食物资等的后勤工作也起到了保驾护航的重要作用。在志愿军入朝前，负责后勤保障的东北军区准备了大量的物资，但是随着战线的推进，后勤补给线路不断延长，而且朝鲜多为山地，道路崎岖，前线军用粮食物资保障困难重重。当美军发现志愿军后勤补给的不足后，就利用空军优势，重点轰炸志愿军后勤补给线。面对重重困难，志愿军后勤部队想方设法，不断提高后勤保障能力，为抗美援朝的胜利保驾护航，有许许多多的志愿军战士为此付出了生命的代价。下面要讲的红色故事的主角，就是当年朝鲜战场上的一名后勤部队志愿军战士。

红色故事

打开记忆的闸门，一枚军功章赫然呈现于眼前，金灿灿的五角形军功章上有展翅飞翔的和平鸽，有“和平万岁”四个金色的字……这是爷爷送给我的18岁成人礼，也是我这一生的荣耀。

1951年苏州国庆游行

1950年，爷爷18岁，他应征入伍，正好赶上中国人民志愿军奔赴朝鲜战场。“雄赳赳，气昂昂，跨过鸭绿江，保和平，卫祖国，就是保家乡……”一群满脸稚气的年轻人，平均年龄也就在18岁左右，就这样跟随着大部队进入了朝鲜。爷爷被分到了后勤部队，部队的主要任务就是保卫粮库。粮食就是生命，这可是部队战斗力得以持续的重要保障。爷爷所在后勤部队的官兵边保障边战斗，付出了极大的牺牲，用生命和鲜血书写着对祖国的忠诚，有力地保障了战争的胜利。

1952年3月，中国人民志愿军归国代表团和朝鲜人民军访华团一行14人到苏州作抗美援朝情况报告

1950年，朝鲜的冬天格外寒冷，夜间的温度下降到了零下40摄氏度，一切都冻住了。在这样的战场上，美军靠

着绝对的制空权，狂轰滥炸，切断了我方志愿军的通信和补给。没有厚棉衣，战士们只能把被子撕下一块，包住容易冻伤的手脚。枪炮因为超低温无法使用，战士们用胸口仅剩的热量焐着冰冷的武器。在严酷的极端天气中，志愿军付出了惨痛的牺牲，很多先烈是以端着枪的姿势被冻僵的。就是在这样艰苦的条件之下，爷爷和他的战友们仍然坚持战斗。这一天，爷爷与往常一样正在粮库周边巡逻。突然，在部队的周边响起了枪声！警报声响起，原来是美军前来偷袭！爷爷的排长马上组织大家跟敌人展开了厮杀，并高喊："誓死保卫粮库！"可是，就在这个时候，"砰"的一声，一枚炸弹在他们身边炸开。顿时，硝烟弥漫中飞出血肉模糊的肢体，当烟雾散去，大家发现排长的两条腿被炸没了。"排长！"战士们大喊。"别管我，打敌人要紧！"排长全然不顾伤势，继续顽强战斗。时间一分一秒地过去，我军英勇杀敌，最后取得了战斗的胜利，而排长却在这场战斗中英勇牺牲了，鲜血染红了他身下的土地。在生命的最后一刻，他与阵地永远坚守在了一起。战争是残酷的，我们的志愿军战士在那样极端艰苦的条件下，靠着钢铁般的意志，

抗美援朝运动中，苏州市有1559名青年参军。图为市政府举行欢送仪式，欢送应征青年

中国人民志愿军空军装备的机炮弹壳

中国人民志愿军帽徽

坚韧向前，经过两年零九个月的浴血奋战，最终取得了抗美援朝战争的伟大胜利。

战争结束，爷爷和战友们被授予“和平万岁”抗美援朝纪念奖章。爷爷说，这枚奖章一直在他的心中熠熠发光！这光亮叫作“责任”。这枚奖章，闪耀的是中国人民志愿军不畏艰难困苦、英勇顽强、舍生忘死的革命英雄主义精神。这枚奖章，他一直珍藏至今。

2020年10月23日，习近平总书记在纪念中国人民志愿军抗美援朝出国作战70周年大会上发言，他说：“在抗美援朝战争中，中国人民在爱国主义旗帜感召下，同仇敌忾、同心协力，让世界见证了蕴含在中国人民之中的磅礴力量，让世界知道了‘现在中国人民已经组织起来了，是惹不得的。如果惹翻了，是不好办的’！”总书记铿锵有力的话语激动人心，他让我们明白，抗美援朝的胜利，是240万志愿军战士前赴后继、浴血奋战得来的，是197653个杨根思、邱少云、黄继光式的战士用生命换来的！

望着手中的军功章，我思绪万千，内心澎湃着一股力量。一枚军功章，承载着一名志愿军老兵的记忆，镌刻着中华儿女保家卫国的爱国情怀；一枚军功章，熔铸了中朝两国人民的伟大友谊，见证了这段血与火的历史，他们已成为“抗美援朝、保家卫国”的缩影；一枚军功章，已成为对子孙后代进行传统教育和爱国主义教育的生动教材。我将把这枚铭记着国家记忆的军功章保存起来，连同爷爷和抗美援朝的故事一起，传给我的子孙。

我们生活在和平年代，生活在和谐美好的中国，但要牢记那些为祖国和人民浴血奋战的英雄们，是他们用一次次的坚守，换来我们今天的幸福生活。没有抗日战争、解放战争、抗美援朝战争的一次次胜利，就没有今天的中国。让我们以志愿军将士为榜样，赓续红色血脉，传承红色基因。刻苦学习，树立理想，砥砺品格，增长本领！为实现中华民族伟大复兴的中国梦，时刻准备着！

红色启迪

抗美援朝战争，是在交战双方力量极其悬殊的条件下进行的一场战争。当时，中美两国国力相差巨大。在这样极为艰难的情况下，中国人民志愿军出兵朝鲜抗美援朝，真是一个勇敢的决定！

中华民族是爱好和平的民族，中国人民是爱好和平的人民。新中国成立之初，百废待兴，百业待举，中国人民无比渴望和平安宁。但是，中国人民的这个愿望受到了粗暴挑战，帝国主义侵略者将战争强加在了中国人民头上。

抗美援朝、保家卫国，这是以正义之师行正义之举。

是的，抗美援朝战争捍卫了新中国安全，稳定了朝鲜半岛局势，维护了亚洲和世界和平。

红色链接

“和平万岁”纪念章

“和平万岁”纪念章是众多抗美援朝纪念章中的一种。1953年10月4日，第三届中国人民赴朝慰问团赴朝，出国前制作了以著名绘画大师毕加索1952年为世界和平大会创作的宣传画“和平鸽”为图案的纪念章。图案中的和平鸽展翅高飞，象征全世界人民争取和平的强烈愿望。纪念章为铜质，外形为五个大角五个小角合成的五边形，中间主图是一只在圆形红色烤漆中展翅飞翔的和平鸽，上面镌刻着“和平万岁”四个字，外环边与和平鸽表面均镀金。纪念章背面有三行铭文，第一行是“抗美援朝纪念”，第二行是“中国人民赴朝慰问团赠”，第三行是“1953.10.25”。第三届赴朝慰问团代表中国政府和人民把它颁发给了当时在朝的上百万志愿军官兵。“和平万岁”纪念章凝聚了祖国人民对广大志愿军官兵的深情厚谊，加上其独特的设计，深受志愿军指战员的喜爱。

“和平万岁”纪念章

红色感悟

战争有正义性与非正义性之分。是否有利于人民群众的利益，是否有利于社会历史的进步，这两个标准的内在统一，构成了判断战争性质的基本尺度。正义战争是符合人民根本利益、促进社会历史进步的战争。70多年前，帝国主义侵略者将战火烧到了新中国的家门口。抗美援朝以战止战、以武止戈，是一场正义之战。这一战，再次证明正义必定战胜强权，和平发展是不可阻挡的历史潮流！

小飞机·大飞机

学习金句

实践证明，我国自主创新事业是大有可为的！我国广大科技工作者是大有作为的！

——2021年5月28日，习近平在中国科学院第二十次院士大会、中国工程院第十五次院士大会、中国科协第十次全国代表大会上的讲话

“长空一号”无人机

红色历史

被称为“空中机器人”的无人机，是无人驾驶飞机的简称。无人机由遥控设备或机上自备程序控制装置操纵，与有人驾驶飞机相比，具有体积小、重量轻、造价低、零伤亡、使用限制少、隐蔽性好等突出特点，在国防建设中具有极为重要的作用。我国无人机发展晚于西方发达国家，但发展迅速。20世纪60年代初，中苏关系出现重大转折，苏方对我国取消援助、封锁技术，原本依赖从苏联进口的无人靶机严重缺失，我国的航空武器试验因此陷入困境，于是我国决心自力更生制造自己的无人靶机。1966年12月6日，“长空一号”无人机首飞成功。随后，我国先后研制出长虹高空高速无人侦察机、Z–5系列无人侦察机等。进入21世纪后，我国在无人机领域不仅推出了种类繁多的中小型战术无人机，还积极发展大型战略无人机。彩虹–3无人机、“蓝狐”无人机的成功研制，标志着我国军用无人机已经达到了同类无人机的国际先进水平。

红色年代

无人驾驶靶机，是主要用于检验航空、防空武器系统的一种航空靶标，被人们形象地称为“空中磨刀石”。殊不知，20世纪60年代以前，我国一直依赖进口靶机，艰难地维系着航空、防空武器试验。60年代由于苏联援助的取消、专家的撤离，中国空军试验用的无人靶机“断货”。在我国无人靶机处于急缺急需的现实情况下，我国科研人员经过刻苦攻坚，成功研制出“长空一号”无人靶机，于1966年12月6日首飞成功。“长空一号”靶机是利用苏制拉-17靶机机体研制成功的大型高空型模拟靶机。它的诞生，使我国从此拥有了自己研制生产的靶机，结束了依赖进口靶机的历史，开创了中国无人靶机自主研制的先河。后续“长空一号”逐渐发展形成低空、超低空、高机动、核爆取样等“长空一号”系列型号。“长空一号”无人靶机可供导弹打靶或防空部队训练，在我国空空武器等试验中发挥了重要作用。下面我们要讲的这个故事中的主角，就是研制“长空一号”无人靶机的科研前辈之一。

红色故事

小晓的玩具飞机驶进了爷爷的床底，她撅着屁股用手在黑暗中划拉着，探寻着。

突然，背后传来爷爷着急的声音："哎哟哟，我的小鸵鸟，你撅着个屁股在倒腾什么？"

"小飞机！"

"小飞机？可别把我的大飞机撞坏了！"

"嘻嘻嘻，爷爷也玩飞机？"小晓不免觉得好笑，爬了起来。

"呵呵，爷爷的飞机是真飞机，可威风啦，以前曾是一个秘密，今天，算你有福，我就让你开开眼界。"

这回，轮到爷爷变成沙漠里的鸵鸟了，他在床底下倒腾，小晓却满脸疑惑。

一会儿，爷爷从床底拿出一个粉色小盒子，从中取出一本相册、一本红色证书，还有一只红色锦盒。

"爷爷，你的飞机呢？"

"瞧，在这里呢。"爷爷打开相册，十分珍惜地从很多照片里拿出一张，小晓的目光紧紧地被一架翱翔于苍穹的飞机吸引住了。那机身长长的，白色机头上依稀可辨“长空一号”的字样。整架飞机微微上扬，仿佛正在搏击长空的雄鹰一般，看得小晓心潮澎湃。

“爷爷，这架飞机真威武，它是战斗机吗？”

“傻孩子，这是我们中国的无人机，搞科研用的，这个以前都是保密的，现在解密了，你才能看到它的真容。”

看着小晓满脸惊讶，爷爷拿过那本红色证书，说：“看，这是我年轻时候的毕业证书，那时我读的是航空学院，是研究飞机的。”

小晓接过证书，看到封面上有几个烫金的字：北京航空学院毕业证书。

“哇，爷爷，你还是一个高才生？”小晓羡慕地瞪大了眼。

小晓的爷爷确实是一个高才生，这张毕业证曾是他当年至高至美的荣誉。为此，他倾注了最为宝贵的青春年华。

“爷爷，你给我讲讲你年轻时的故事吧。”小晓迫切地要了解爷爷的过去。

随着爷爷的讲解，一个深藏数十年的秘密被渐渐揭开。

1960年，爷爷才21岁，他考入北京航空学院，进入火箭系飞行力学与控制专业。由于是机密专业，一进学校，学生们就要再次进行考试、政审，并签订保密协议。

那时，爷爷和许多学子一样，为了祖国的科技事业，甘洒热血于春秋，埋头学习，从没懈怠。在短短的5年学习期间学完了70多门功课。由于专业课都是保密的，给学习带来了考验，上课的时候从图书馆把书借出来，上完课必须立马把书还回去，所以，为了提高学习效率，爷爷学习的时候总是孜孜以求，基本上靠脑子记，做到烂熟于心。

5年寒窗苦读后，爷爷和另外三名同学被分配到了空军某基地，参与无人机靶机的研制工作。

1976年，中国独立研制的多用途喷气式无人机“长空一号”正式定型。无人机投用后，爷爷很快接到了新的任务：参与核试验的取样工作，用于分析爆炸的当量。核爆炸的当量检测准不准，取决于取样分析，取决于对无人机的把控。

“长空一号”的第一次穿云取样寄托着所有研究人员的希望。面对严峻的任务，爷爷等人当时坚守在离爆炸中心仅38千米的地方，他们精准地操控着无人机，无人机在茫茫戈壁上空穿过云层，返身而归，取到了样品。第一次任务就圆满完成，在场的所有人都沸腾起来。

听到这里，小晓再也按捺不住激动的心情，不由得夸赞起来：“爷爷，想不到，你建立了那么大的功勋。”

“功勋是所有研究人员建立的。祖国的核试验倾注着大家的心血，任何一个环节都需要严谨，容不得半点马虎。我们这个研究团队也是其中重要的组成部分，由于我们每一个人都很努力，后来只要有核试验，我们一定会参加，而且每次任务都完成得比较出色。”

“爷爷，你们团队的人都是大功臣！欸，那盒子里珍藏的不会就是你的勋章吧？”

“哈哈，这都属于过去式了。我1986年带着家人回到我们家乡苏州来生活，这些红色宝贝就一直被藏在我们家。”爷爷笑眯眯地打开一边的红色锦盒，里面珍藏的正是勋章，一颗红色的五角星熠熠生辉，小晓忍不住拿起红白条纹的绶带要给爷爷挂上，说：“爷爷，我要给你拍张照，传到网上去，让大家都认识你，也好了解我们家里珍藏的这些红色宝贝。”

“认识我就不必了，红色宝贝可要永远记得！”

“哦，爷爷，说了你的宝贝，都忘了我的宝贝了，我要让我的小飞机出来见识真飞机，我也要从研究小飞机开始，将来让更多飞机翱翔在祖国的蓝天上。”

“那就从现在做起，好好学习吧，走，给你辅导数学题去。”

红色启迪

世界上第一架无人机在1917年就已诞生，直到1966年12月，中国第一架无人机“长空一号”才首飞成功，可见中国对于无人机的研制起步比较晚。但是现在在无人机领域中国已经处于世界前列，真可称得上进步神速。

是的，不单单在无人机领域，在科学技术的许多领域，中国都后来居上，如在原子能技术、生物科学、运载火箭等方面都已经接近或达到世界先进水平。

科技进步靠的是什么呢？是不是因为我们特别善于学习、善于借鉴的缘故？

学习与借鉴是科技进步的因素之一，但科技进步主要在于创新。新中国70多年科技进步历程表明，科学技术是第一生产力，创新是引领发展的第一动力。因此，习近平总书记指出：“我国科技发展的方向就是创新、创新、再创新。”

红色链接

核弹当量

核弹爆炸威力大小，通常使用TNT当量（梯恩梯当量）来计量，即将核爆炸释放的能量用释放相同能量的TNT炸药的质量来表示。二战期间，美国在日本广岛投下的第一颗原子弹，TNT当量约1.5万吨。迄今为止规模最大的一次核试验，是1961年苏联在新地岛上空进行的，TNT当量达到了5000万吨。1964年10月，中国自行制造的第一颗原子弹在新疆罗布泊爆炸成功，提高了中国的国际地位。但是只拥有原子弹是不够的，因为苏、美、英等强国还拥有威力更大的核武器——氢弹。于是在原子弹成功试爆之后，我国又马上投入了氢弹的研制。1967年6月，中国第一颗氢弹在新疆罗布泊爆炸成功，TNT当量为330万吨，中国逐步成为一个核武器大国。

红色感悟

中国无人机的发展，是新中国科技发展的缩影。从无到有，从进口借鉴到自主研发，从落后状态到世界前列，每一次进步都靠无数科技工作者从国家战略出发，持之以恒地加强基础研究，保持“十年磨一剑”的定力和耐心，坚定走自主创新之路，最终产出许多“从0到1”的原创成果。少年强则国家强，未来，广大青少年要继续前行，在日常生活、学习中不断培养创新意识、创新精神、创新能力和创新习惯，为把我国建成世界科技强国而继续奋斗。

沙场阅兵扬军威

学习金句

有了中国共产党，有了中国共产党的坚强领导，人民军队前进就有方向、有力量。

——2017年8月1日，习近平在庆祝中国人民解放军建军90周年大会上的讲话

红色历史

中华人民共和国成立时，根据全国政协决定，把阅兵列为国庆大典的一项重要内容。从1949年开国大典至2009年新中国成立60周年，共举行了14次国庆阅兵。

1949年至1959年，共举行了11次国庆阅兵。此后，连续24年没有举行国庆阅兵。直到1984年，根据邓小平的提议，党中央决定恢复阅兵，并于1984年国庆35周年时举行大型的国庆阅兵式。1999年，党中央决定在天安门广场举行盛大的世纪阅兵式，庆祝共和国50年华诞。

阅兵是展现武装力量建设成就、树立民族自信心和自豪感的重要形式。阅兵一般都是在天安门广场举行的，而且大多都选择在国庆节当天。除了2015年9月3日在天安门广场举行纪念中国人民抗日战争暨世界反法西斯战争胜利70周年大阅兵外，2017年的朱日和基地阅兵也是意义重大的特殊阅兵。此次阅兵是新中国成立以来解放军首次在八一建军节开展阅兵式活动，在军事训练基地举办纪念建军的阅兵，军事含义十分浓厚。

红色年代

1927年8月1日，南昌城头一声枪响，宣告中国诞生了中国共产党领导的新型人民军队。2017年7月30日上午，庆祝中国人民解放军建军90周年阅兵在内蒙古朱日和联合训练基地隆重举行。朱日和基地由沙漠、草原、山地、壕沟等组成，占地1066平方千米，是亚洲最大、解放军最先进的训练基地。此次受阅官兵12000名、受阅车辆装备600多台集结列阵，整装编队战机100多架。这次阅兵，受阅装备近一半为首次亮相，集中体现了我国国防和军队现代化建设的最新成就。这次阅兵，也是中国人民解放军首次以庆祝建军节为主题的盛大阅兵，是野战化、实战化的沙场点兵，是人民军队整体性、革命性变革后的全新亮相。红色故事《沙场阅兵扬军威》中的“爸爸”就参加了这次盛大阅兵并获得了军功章。

红色故事

我叫辰辰，是一名少先队员，今天我给大家展示一枚奖章。这枚奖章是我的爸爸参加阅兵时获得的呢！我来给大家讲讲背后的故事吧。

我的爸爸是一名交警，他每天很早就出门了，站在车流里指挥交通，他的姿势很标准哦。爸爸以前是一名军人，参加过阅兵，我手中的这枚奖章就是爸爸参加阅兵时获得的。爸爸说，因为从小就有参军梦想，高中毕业时他

爸爸的军功章

就报考了军校。2011年，他被分配到内蒙古朱日和训练基地陆军演习部队，负责和其他单位进行对抗演练。

我常缠着爸爸给我讲那边的事情，他说，训练基地那里一年只刮两次风，一次刮半年，最低温度在零下30摄氏度左右。通常情况下，5月份之前都有可能下雪，11月份开始又是下雪，也就是说一下雪就下半年，气候很恶劣。2017年4月，爸爸所在的部队接到了庆祝中国人民解放军建军90周年阅兵训练的通知，基地的战士们瞬间沸腾起来，个个摩拳擦掌，特别激动。然而，从接到任务到正式阅兵，只有不到100天的时间！

朱日和训练基地

时间紧、任务重，接到任务后，部队就基本开始了全封闭式的训练。爸爸和战友们每天起早贪黑训练，整个人都瘦了一圈，除了钢盔带子遮住的地方，整张脸都被晒黑了。就这样没日没夜地训练了3个多月，2017年7月30日，阅兵仪式在朱日和基地如期举行。接受检阅的共有12000名官兵，爸爸

朱日和训练基地

10千米奔袭，战士向终点冲刺

也在这整齐的方阵之中。

在电视上看到爸爸所在的方阵时，我激动坏了，忍不住连声惊叹："好酷好酷！"看着他们迈着整齐如一的步伐接受习爷爷的检阅，我心里涌起对爸爸的由衷敬佩。后来在妈妈的陪同下，我也去了爸爸训练过的场地。虽然见到了坦克、飞机等从前没有见过的新奇事物，但在我心中，最酷的还是爸爸。

2018年，爸爸转业回到苏州。在家时，我最爱拿着爸爸的奖状、奖章，让他讲部队里的故事。爸爸说，无论是参军时的保家卫国，还是转业回苏，他的那份初心始终没有改变。握着爸爸的这枚军功章，我感受到了沉甸甸的重量，它将永远激励我不畏困难、奋力拼搏，始终照亮我的前行之路……

红色启迪

解放军叔叔训练真辛苦，我们看到的阅兵式上英姿飒爽的形象、整齐划一的步伐，背后都是他们付出的汗水。

他们不仅当兵的时候很出色，退伍了一样优秀，脱下军装穿上警服，继续保护我们的安全，是不是特别厉害？

没错，解放军叔叔的故事启示我们，在学习和生活中要不怕苦、不怕累，勇于战胜各种困难，只有这样才能锻炼出坚强的意志，长大以后像他们一样成为国家的栋梁。

红色链接

内蒙古朱日和训练基地阅兵是继1981年华北军事大演习阅兵后，军队时隔36年再次在天安门以外的地区举行阅兵，也是新中国成立以来解放军首次在八一建军节开展阅兵式活动。

“朱日和”系蒙古语的译音，意为“心脏”。朱日和训练基地位于乌兰察布市四子王旗和锡林郭勒盟苏尼特右旗内，由沙漠、草原、山地、壕沟等组成，是亚洲最大、功能最全、设施最先进的训练基地，占地1066平方千米。这里地形复杂，具有独特的排兵布阵优势，“一山、两原、两丘陵”的地理环境成为空地联合演习主战场。

朱日和训练基地

红色感悟

一枚沉甸甸的军功章凝聚着奋斗，象征着光荣。曾经的辉煌不会随着岁月的流逝而淡去。我们享受着和平幸福的环境，那是因为有人在默默付出。我们一定要倍加珍惜来之不易的美好生活，努力学习，以身边优秀的人为榜样，将来在报效祖国的过程中创造属于自己的“军功章”！

十万铁锹奋战望虞河

学习金句

一百年来，我们党团结带领人民进行的一切奋斗、一切牺牲、一切创造，都是在践行为中国人民谋幸福、为中华民族谋复兴的初心使命。

——2021年11月11日，习近平在党的十九届六中全会第二次全体会议上的讲话

红色历史

中华人民共和国成立后，党和政府十分重视太湖的治理，特别在1954年太湖流域发生特大水灾后，水利部详细调查水情灾情，研究分析水文资料，充分吸收历代治理太湖的实践经验，决定采取“两河一线”的方案治理太湖：开辟太浦河，连接黄浦江泄洪入海；开辟望虞河，使澄锡虞高片水不再入阳澄湖低洼区；绕太湖东岸建一条太湖堤防控制线。1958年11月，中共中央华东局在上海召开会议讨论太湖治理问题，决定由江苏组织开挖太浦河、望虞河，浙江省配合挖好太浦河。望虞河原是一条开凿于公元前475年的人工运河，千年时间流转，望虞河渐被堵塞。1958年冬，常熟县政府根据区域水利规划，组织民工开挖疏浚望虞河。12月初，各路民工纷纷开赴水利工地，望虞河水利工程“大会战”拉开序幕。望虞河工程量巨大，先后有10余万民工投入其中。1959年4月25日，望虞河第一期工程竣工，为河东低田圩区抵御洪涝灾害提供了保障。望虞河工程是新中国成立以来，常熟地区土方工程量最大、投入劳动力最多、创造效益最高的水利工程。

红色年代

望虞河起于太湖沙墩口，经望亭、鹅真荡，在杨园湘庄入常熟境，过虞山西麓，在王市花庄入长江，全长60.2千米，常熟境内长35.6千米。望虞河因流经苏州望亭和常熟虞山而得名，是太湖主要泄水河道之一。20世纪50年代，伴随着“双手劈开千层土，誓把长江通太湖”的口号，常熟拉开了十万大军开挖望虞河的序幕。1959年6月1日，望虞河正式开坝放水。它的开挖建设解决了区域内的灌溉水源问题，减轻了阳澄地区的洪水压力，是目前太湖流域唯一由长江直接向太湖引水的骨干河道，具有防洪、排涝、引水、航运等综合功能。如今，望虞河在太湖水域调节、农田灌溉、水路运输以及生态建设方面都发挥着极为重要的作用，而“望虞河精神”也被一代代传承下去，成为激励后人坚定信仰、艰苦奋斗的精神源泉。

红色故事

在望虞河水情教育基地的展示馆里，原欧阳村党支部书记、望虞河水利工程的参与者颜兆林爷爷接待了我们。82岁的颜爷爷精神矍铄，看着展示馆里的一张张老照片、一件件老工

望虞河入江口

1958年，望虞河爆破放水

1958年12月，开挖望虞河工地情景

炸坝放水

具，他的眼中闪动着光芒，时间仿佛回到了60多年前……

1958年12月，望虞河正式开挖，当时正值国家物质匮乏时期，但常熟人民不等不靠，自力更生，开挖河道全凭人力。民工们肩担手推，把泥块从河底运到河岸。一天10多个小时，多装快跑，提前完成工程是每一个民工的决心。“地质硬、任务重，每人每天要挖坏10多把铁锹，完成150担泥的任务，还要挑着泥顺着200级台阶将泥运上河岸。”颜爷爷感慨地说。即便那样，都无人退缩。

“双手劈开千层土，誓把长江通太湖。”这句当时响彻望虞河两岸的口

民工们开挖望虞河

号，如今读起来依然让人心潮澎湃。隆冬时节，江边北风呼啸，工地上层层坚冰。凌晨两三点，工段上出现点点灯火，伴随着吆喝声和“啪啪”的响声。工地上组织了以刘胡兰、黄继光等革命烈士的姓名命名的突击队，开展劳动竞赛，他们冒着严寒开冰凿土，清除障碍，干得热火朝天。

工地上热气腾腾，大雨躲一躲，小雨、中雨披上蓑衣照常干。“人来人往，红旗招展，场面非常壮观。周边老百姓也非常拥护，有的加入开挖队伍，有的将自家民房提供给民工住。”一幕幕场景，在当时19岁的颜爷爷心中烙下了深深的印记。既要蛮干也要巧干。工地上还开展了“一人献三计，三日创一具”活动，创造了不少快速取土、运土的器具和方法。如用于取土的“畜力松土法”，用于运土的“二轮车”，用于爬坡倒土的“空中倒土机”“自动翻泥车”等。这些创新成果有效地降低了劳动强度，提高了施工工效，推进了工程建设。如今，这些器具和那一把把铁锹一样，正静静地躺在展示馆里，享受着安宁。

望虞河水情教育基地

红色启迪

一把把小铁锹，看似普通，却挖出了一个规模宏大的水利工程，这真是一项壮举呀！

对，并且就当时艰苦的环境来看，政府作出开挖望虞河这一决策也非常了不起，这一决策本身不就体现了为民造福、敢于担当的初心和使命吗？

是的，开挖望虞河工程已经过去了60多年，前辈们把不可能变成了现实，这种敢想敢干、奋力拼搏的精神我们一定要赓续传承下去。

“吃水不忘挖井人”。同样不能忘却的，是这些开挖望虞河的前辈。

红色链接

在辛庄镇嘉菱村，有一座张桥横跨望虞河。大桥向东300多米处的张卫路23号悬挂着“望虞河精神展示馆”的牌匾，那是开挖望虞河时的据点之一。展示馆里存放着许多有关望虞河的历史资料，是常熟市党史学习教育阵地之一。展示馆内既展示了1958年人工开挖望虞河时的珍贵图片，透过这些图片我们可以感受到当年的豪迈壮举；同时也有对如今的常熟水利枢纽的展示。这些图片很好地诠释了望虞河跨越60多年发生的巨变。

红色感悟

今日的绿水青山、千里沃野，丰收时节的金色长廊，是无数先辈参与治水工程竭尽全力辛劳付出换来的。我们享受着先辈的劳动成果，更要铭记那个年代的奋斗。距离望虞河的开挖已经过去了60多年，老一辈留下来的“望虞河精神”已经成为宝贵的精神财富。我们要始终不忘初心、砥砺前行，让忠诚为民的担当精神、艰苦奋斗的创业精神、敢想敢干的创新精神、不甘落后的争先精神代代相传，让“望虞河精神”在新时代重焕光彩！

蒋巷村的水稻　袁隆平曾盛赞!

学习金句

“五谷者，万民之命，国之重宝。”我反复强调，粮食多一点少一点是战术问题，粮食安全是战略问题。

——2020年12月28日，习近平在中央农村工作会议上的讲话

首批国家级生态村蒋巷村

红色历史

在20世纪动荡的年代，年幼的袁隆平目睹了一个国家最饥饿、最贫穷的场面，深切体会到粮食的重要性。他在心底许下一个愿望：我要让大家都吃饱。带着信念，他顶着别人的质疑，吞下外国人看笑话的冷漠，不分昼夜地躬耕在农田第一线。从20世纪80年代至今，袁隆平和他的团队通过开办杂交水稻技术培训国际班，已经为近80个发展中国家培训了14000多名杂交水稻的技术人才。目前，全球已有40多个国家和地区实现了杂交水稻的大面积种植，每年种植面积达到了700万公顷，普遍比当地水稻增产20%以上。在非洲，杂交水稻已经种到了马达加斯加、尼日利亚等国家，并在当地不断创造出高产纪录，原来每公顷3吨的产量，目前已经刷新到了10.8吨。

袁隆平曾表示，他有“两个梦”，一个是“禾下乘凉梦”，另一个是“杂交水稻覆盖全球梦”。

红色年代

常熟支塘镇蒋巷村位于阳澄水网地区，现在是产业兴旺、百姓富裕、环境优美的社会主义新农村。但在历史上由于地处偏僻、远离城市，蒋巷村曾是一个落后、贫穷的小村庄。改革开放以后，蒋巷村走出了一条“农业起家、工业发家、生态美家”的强村富民之路。家有余粮，心中不慌。为此，蒋巷村连片建成了1000多亩集约化经营、机械化耕作、生态化种植的无公害优质粮油生产基地，种植“常优1号”等优良水稻品种，采用在稻田套播麦种的“免耕法”，蒋巷村成为水稻、三麦亩产超吨粮的先进单位。粮食产量提升之后，蒋巷村转向探索高效品质农业，实施专业化、集约化、有机化种植，并且实行“休耕还田”，一年仅种一季优质良种水稻。“蒋巷大米”享誉市场，得到袁隆平、赵亚夫、陈永康等人的一致称赞。今天的蒋巷村，产业协调发展，全村经济总量持续多年保持在10亿元以上，让全面小康的美好愿景成为现实。

红色故事

“没想到，你们这里的丰产方搞得这么好！”2007年10月10日下午4时许，“杂交水稻之父”袁隆平院士站在常熟市支塘镇蒋巷村千亩丰产方的田埂边，俯身撮起一把稻穗，仔细地看了又看，转过头来笑着对身边的蒋巷村党委书记常德盛说，“这里的杂交粳稻品种的纯度非常高，管理得也很好！”在千亩丰产方转了一圈后，袁隆平非常感慨：“这个丰产方的稻子长得非常好，说明‘常优1号’品种好，优势很强。依我估计，这里平均亩产要在700公斤以上，高产田块要超过800公斤。这里不是一亩两亩，而是1000亩，非常了不起！”

“常优1号”是常熟市农科所科研人员历时8年培育出来的杂交粳稻新品种。2006年，国家和省权威部门组成专家组对蒋巷丰产方——常熟杂交粳稻“常优1号”超高产机械化精确栽培产量验收的结果是实收亩产808.6公斤，突破国家规定的超级稻单产水平，打破了全国纪录。

袁隆平此次来常熟是参加即将在这里举行的第四届中国杂交粳稻科

袁隆平在蒋巷村千亩丰产方的田埂边观察水稻长势

技创新论坛。大会还没有开，这位水稻专家就迫不及待地来到了2006年的江苏第一方——常熟蒋巷丰产方考察。健步走在蒋巷丰产方的主干道上，看着一大片长势很好的水稻，77岁的袁隆平显得略微激动。他对常德盛说："我发现整个丰产方里没有杂草、没有稗子，也没有看到有病虫害的迹象，而且前几天的强台风刚过，倒伏的水稻也很少，说明这个品种的水稻抗性强。"

坐在车上，迎着清爽怡人的秋风，沿着蒋巷丰产方宽敞平坦的水泥大道，放眼两旁的稻田，袁隆平脸上不时露出满意的微笑。他对坐在身边的常德盛说："这应该说是一个奇迹，在全国杂交粳稻机插秧栽培上，是我国杂交晚粳技术上的重大突破，为全国农业持续增效、农民持续增收提供了可靠的技术支撑。”

随后，袁隆平来到蒋巷丰产方西侧一块半亩不到的水稻田旁，看到这里成熟的水稻几乎全部倒伏。他的眉头微微一皱。当他得知，这是为了对比而特地留下的一块普通稻种试验田时，他的眉头自然舒展开来，有点黝黑的脸上再次露出了微笑，开始连声夸奖“常优1号”的性能和蒋巷村的水稻管理水平。

红色启迪

袁隆平爷爷是一位真正的耕耘者。当他还是一名乡村教师的时候，已经具有颠覆世界权威的胆识；而当他名满天下的时候，却仍然只是专注于田畴。

没错，袁爷爷淡泊名利，一辈子躬耕田垄，播撒智慧，收获富足。他毕生的梦想，也不过就是让所有人远离饥饿。

是的，袁隆平院士是中国杂交水稻事业的开创者，是当代神农。半个世纪以来，他始终在农业科研第一线辛勤耕耘、不懈探索，为人类运用科技手段战胜饥饿，带来了绿色的希望和金色的收获。

红色链接

蒋巷村原来是一个传统的农业村，以生产稻麦为主，间作一部分油菜。后来，时任村大队长的常德盛带着村民们起早贪黑，疏浚河道、筑坝通路，使原来贫瘠的土地长出了粮食，而且建成了稳产高产的"吨粮田"。直到今天，蒋巷村仍是全省人均向国家出售粮食较多的行政村之一。

自20世纪90年代开始，常熟市政府农业特别顾问、常熟市农科所总农艺师端木银熙主持承担了30多项国家及省市农业科技重大攻关项目，先后有太湖粳稻系列、常优系列等37个水稻新品种通过国家级和省级审定，种植面积超过7000万亩，增产稻谷20.6亿余公斤，一直受到袁隆平院士的关注和赞赏。

红色感悟

袁隆平从事杂交水稻研究50多年来，不畏艰难，呕心沥血，为解决中国人的吃饭问题作出了重大贡献。如今，我国的水稻亩产达到900—1200公斤。“14亿中国人的饭碗，我们有能力也务必牢牢端在自己手中。”他的卓越成就便是对党中央这一要求的最好实践。袁隆平院士一心为民、造福人类的崇高品德，与时俱进、勇攀高峰的创新精神，严以律己、淡泊名利的高尚情操，铸就了一座不朽的丰碑，这笔精神财富足以让我们每一位华夏儿女终身受益！

这位伟大的科学家，在一生专注于提高水稻产量的同时，也倡导珍惜粮食，反对浪费。

崔根良：中国光电线缆行业的骄傲

学习金句

加强科技产业界和社会各界的协同创新，促进各国开放合作，是让科技发展为人类社会进步发挥更大作用的重要途径。

——2018年9月17日，习近平致世界公众科学素质促进大会的贺信

亨通集团光通信设备生产车间

红色历史

随着互联网以及移动互联网的飞速发展，社会对信息量的需求也急速增长。信息化的发展离不开信息基础设施建设，未来国家的信息通信基础设施都将是智能化的，而光纤光缆则是其技术保证基础。近年来，我国光纤光缆企业大力开展自主创新，使我国的光缆摆脱了受制于人的局面，在全球市场上的影响力也不断提升。全球光纤光缆最具竞争力企业之一的江苏亨通光电股份有限公司，是我国光纤光缆企业的龙头企业。亨通光电成立30多年来，在改革开放的大潮中，顺应世界潮流，紧扣时代脉搏，与国家发展同频共振，依靠自主创新一步步结束了30年前中国光缆靠进口，20年前光纤靠进口，15年前光纤材料靠进口的历史，把我国光通信的核心技术牢牢掌握在自己手里，推动了我国网络强国、数字经济的快速发展。

红色年代

光棒是生产光纤光缆的核心原料，光棒生产技术是光通信领域中最尖端的核心技术，可以说，谁拥有了光棒，谁就拥有了世界光通信产业的话语权。在亨通自主生产光棒之前，全世界的光棒技术控制在4个西方发达国家手中，有着14亿人口的中国，光纤需求量占全球的50%，却被一根小小的光棒卡住了“脖子”，在市场、价格上都没有发言权。

明知山有虎，偏向虎山行。崔根良带着团队开始了中国光棒的研发之路。没有理论，没有装备，没有工艺，没有原料，创新的路远比我们想象的更为艰难……

亨通集团全自动智能集控光纤制造车间

红色故事

崔根良早年从部队退伍返乡后，白手起家、艰苦创业，先后担任过多家乡镇企业负责人，带领企业一次次走出困境。1991年创办亨通集团后，他就瞄准了光纤通信领域的最前沿。

2004年，崔根良有了生产光棒产品、突破产业瓶颈的想法。他带着几个技术骨干到日本考察，没想到，第一家企业不断推迟考察日期，最后取消了他们的行程；第二家企业总算接待了，但不允许技术人员参观他们的光棒生产车间，只让崔根良一个人在50米外隔着玻璃看了一眼生产线；第三家企业直接拿出合同书，要求崔根良购买他们的光棒产品，合作的事却闭口不谈。

崔根良并不气馁，又到其他国家寻求合作。两年里，他先后与国外企业进行了50多场谈判，还是一无所获。失望之余，他深刻感受到：核心技术在别人手里，求是求不来的，买也买不到！亨通要想站在世界光通信产业的前沿，就一定要自主研发、自主创新，用自己制造的高科技产品，为企业争光，为中国人争气！

2006年的一天，崔根良召开集团战略研讨会，他提出亨通集团要自己投资、自主研制光棒，并实现产业化。话音刚落，就引来了一片担忧之声，有的专家反对说，国内知名科研院所和大企业研制了20多年都没成功，难度太大！也有人算起了账，研制光棒需要投入几亿元，产业化后还要再投入20多亿元进行生产，对亨通这个民营企业来讲，资金负担太重、投资风险更大！那天，崔根良沉思了很久。会议结束时，他站起来语气坚定地说："大家的担心，我都能理解！但对国家来说，实力落后就要挨打；对企业来说，技术落后就会受制于人！做人，要有骨气；做企业，要有志气！我们总不能永远看着别人脸色、被别人压着搞发展，光棒这个项目，亨通砸锅卖铁也要上！"

在崔根良的领导和激励下，技术团队改造装备，更新材料，调整试制参数，反复进行试验。1200多天过去了，投入了6个亿的研发资金，2010年8月，他们终于成功研制出符合国际标准、拥有自主知识产权的光棒！这一天注定要在亨通发展史上、在中国光通信产业史上留下辉煌的一页！

从那以后，亨通先后完成了光棒产业化流程装备、制造工艺、软件控制的自主研发，成为中国唯一掌握光棒尖端技术自主知识产权的民族企业，为中国大力发展光纤通信奠定了雄厚的技术基础。

崔根良也十分热衷公益。这些年来，亨通慈善基金会已累计捐资超过5亿元，崔根良本人也先后获评"中华慈善奖——最具爱心捐赠个人""中国十大慈善家""中华慈善突出贡献奖"等荣誉称号。

红色启迪

崔根良常说："我们亨通人做事情，要么不做，做就要做强做大，做出一流水平。"他不但是这样说的，更是这样做的，这种勇立潮头的先进本色太令人敬佩了！

是啊，这样一位企业家，披荆斩棘、永不停歇地走在创业创新路上，让中国光通信产业走在了世界前列，并且始终心系祖国、回报人民，真不愧是企业家的标杆。

对，他不仅是一位成功的企业家，更是一名合格的共产党员。他时刻把党员的身份刻在心上，用奉献诠释担当，用奋斗永葆先进，这种精神值得后人见贤思齐。崔根良的自主研发、自主创新意识，使他永远挺立在时代潮头。

红色链接

2021年6月29日上午10时，“七一勋章”颁授仪式在北京人民大会堂隆重举行。中共中央总书记、国家主席、中央军委主席习近平首次颁授“七一勋章”并发表重要讲话。29位功勋党员获得了这一党内最高荣誉。作为全国“两优一先”表彰对象、全国优秀共产党员，亨通集团党委书记、董事局主席崔根良参加了“七一勋章”颁授仪式，并受到习近平总书记的亲切会见。回想起颁授仪式现场的一幕，崔根良难掩激动：“这份经历真的太珍贵、太难得了，让我倍感自豪，我会永远铭记在心。”

“七一勋章”是党内最高荣誉，对所有人来说，颁授“七一勋章”都是对党的初心使命的重新领悟、对党的理想信念的再次洗礼。“七一勋章”获得者们都是在各种平凡岗位上对党忠诚、对事业执着的英雄，他们默默奉献，几十年如一日，作出了杰出贡献，受到党和人民的最高礼赞。

红色感悟

人总是要有点精神的，我们做任何事都要有理想、有梦想，这样才能激发巨大的精神动力，才能在平凡岗位上做出不平凡的业绩。习近平总书记曾指出："做企业、做事业不是仅仅赚几个钱的问题。实实在在、心无旁骛做实业，这是本分。"崔根良始终坚定产业报国信念，树立科技自立自强信心，发扬"越是艰险越向前"的拼搏精神，他用爱党爱国的信念、产业报国的担当和奉献社会的情怀，为我们树立了最好的榜样，是对"心中有信仰，脚下有力量"的生动诠释。

后记

“少年智则国智，少年富则国富；少年强则国强，少年独立则国独立；少年自由则国自由；少年进步则国进步”，青少年是国家的未来、民族的希望。党的十八大以来，习近平总书记始终心系青少年的成长，在多个场合表达了对青少年的真挚关怀和殷切希望。

在党史学习教育动员大会上，习近平总书记强调要抓好青少年学习教育，让红色基因、革命薪火代代传承。为了更好地开展党史宣传教育，讲好红色故事，宣传红色文化，古吴轩出版社组织专家编写了《我们身边的红色故事》一书，引导青少年学习革命先辈的崇高精神，为肩负重大历史使命而不懈努力，真正做到知史爱党、知史爱国，学习传承中国共产党在长期奋斗中铸就的伟大精神，自觉继承革命传统，传承红色基因，争做担当民族复兴大任的时代新人。

全书共分为《馆藏的红色记忆》《校园里的红色传承》《身边的红色宝贝》三个章节，每个章节收录八个红色故事，具体又分为“学习金句”“红色历史”“红色年代”“红色故事”“红色启迪”“红色链接”“红色感悟”七大板块，用图文并茂的形式，生动形象地为青少年们解读中国共产党百年奋斗历程中苏州地区形成的一系列伟大的红色精神。《馆藏的红色记忆》通过苏州革命博物馆等地所藏的老物件、老照片，重现历史影像，唤起红色记忆。《校园里的红色传承》讲述了与学校相关的红色故事，贴近生活，引发青少年共鸣。《身边的红色宝贝》通过一件件承载着红色记忆的红色宝贝，讲述身边的红色故事，使青少年将自身代入其中，感同身受。

本书的编写得到了中共苏州市委党史工办、苏州市教育局、苏州日报社、苏州革命博物馆等单位的支持帮助。张秀芹、弓玺、钱怡、刘放、徐小良、宋巧凤、周彩虹、沈慧勤、李金珠等老师为本书的出版付出了辛勤的劳动，在此表示衷心感谢！

由于水平有限，书中难免有疏忽和遗漏，敬请广大读者提出宝贵意见。

著者